DULCE LAI
MÓNICA BENÍTEZ

Copyright © 2017 Mónica Benítez
Todos los derechos reservados.

Todos los derechos reservados. Ninguna sección de este material puede ser reproducida en ninguna forma ni por ningún medio sin la autorización expresa de su autora. Esto incluye, pero no se limita a reimpresiones, extractos, fotocopias, grabación, o cualquier otro medio de reproducción, incluidos medios electrónicos.

Todos los personajes, situaciones entre ellos y sucesos aparecidos en el libro son totalmente ficticios. Cualquier parecido con personas, vivas o muertas o sucesos es pura coincidencia.

Safe creative: 1801275606220

https://monicabenitez.es

Twitter: @monicabntz

Instagram: mbenitezlibros

1. PUTOS LIBROS

Ni siquiera había terminado de acomodarme en mi nuevo apartamento y ya estaban llamando a la puerta, si después de seis días viviendo allí los vecinos ya se tomaban la libertad de molestarme, tal vez debería optar por no acabar mi mudanza y elegir otro lugar. Miré el reloj, las nueve de la mañana.

«Joder» pensé enfadada.

El timbre volvió a sonar, esta vez dos veces, lo odiaba, no soportaba a la gente impaciente. Salté de la cama y me aseguré de que llevaba puestos unos mínimos de ropa, esa noche me había aliviado un par de veces y no era plan de abrir en pelotas. Tras observar que mis bragas seguían en su sitio, introduje la mano en la montaña de ropa que había acumulado encima del sillón durante esos días y me puse una camiseta de manga corta. El timbre volvió a sonar.

—¡Ya voy! —grité.

De camino a la puerta me tropecé con una de las pocas cajas que había en el comedor, no es que no hubiese tenido tiempo de acabar la mudanza, simplemente no me había molestado en hacerla, abría las cajas conforme iba necesitando las cosas. Tuve que saltar por encima para evitar caerme.

«Me cago en la puta»

Por fin llegué a la puerta y cometí el error de no mirar por la mirilla primero, si lo hubiera hecho no hubiera abierto, pero la impaciencia por descubrir quién venía a esas horas me pudo, y allí estaba ella.

—Hola, Lai —saludó con una expresión de remordimiento dibujada en su rostro.

Sentí que el mundo se me caía encima, un estado ansioso se apoderó de todo mi cuerpo, se me secó la boca, notaba como las manos me temblaban y me costaba que mis propias piernas me sostuvieran. Una horrible y dolorosa imagen ocupó mis pensamientos en cuanto la vi, el peor y más doloroso recuerdo que albergaba mi mente. Aunque hacía ya tres semanas desde aquella fatídica tarde, yo lo seguía recordando como si acabara de pasar. No había vuelto a ver a Vero desde entonces y ahora me sentía tremendamente perdida y cabreada, toda la impotencia que sentí en aquel momento acababa de adueñarse de mis pensamientos desatando un tremendo dolor mezclado con los fuertes sentimientos que todavía albergaba hacia ella.

—¿Qué quieres, Vero? —contesté con un nudo oprimiendo mi garganta.

—Te he traído algunos libros.

—Te dije que pasaría a buscar mis cosas cuando no estuvieras, no quiero que me traigas nada.

Me sorprendí a mí misma diciendo aquello, no me sentía dueña de mis propias palabras. Mi sentido común me decía que no debía verla, que mi decisión había sido la correcta, pero el irracional se alegraba de que estuviera allí, la echaba de menos de un modo que me costaba definir de forma entendible.

—Te he visto leer estos libros unas cuantas veces, he pensado que te gustaría tenerlos —insistió con calma.

—¿Cómo has sabido dónde vivo? —pregunté enfadada conmigo misma por haber abierto la puerta.

—Soy poli, tengo recursos —sonrió alzando las cejas.

Ella era poli y yo gilipollas. Cogí la caja de sus brazos y la dejé en el suelo, Vero aprovechó ese movimiento para colarse en mi apartamento y cerrar la puerta. Su exquisito olor al moverse impregnó todos mis sentidos.

—¡No quiero que estés aquí, Vero, lárgate ahora mismo! —exclamé con el corazón latiéndome en la garganta y los ojos bañados en lágrimas.

—Lo siento mucho, Lai, yo no quería que pasara esto —dijo colocando su mano en mi pecho con cuidado.

¿Ella no quería? ¿Insinuaba que era cosa mía? Llevábamos seis años viviendo juntas cuando me demostró que yo no era suficiente. ¿Y ahora tenía la puta jeta de decirme que ella no quería?

—No me toques, Vero —le supliqué con la voz ahogada, a la vez que aparté su mano de mi cuerpo.

La odiaba por lo que me había hecho, estaba dolida, decepcionada, cabreada, asqueada y con un dolor insoportable, pero lo que más me jodía era que la seguía queriendo, la deseaba tanto que en cuanto puso su mano encima de mí, deseé que me follara como lo había hecho cada día en los últimos seis años. Teníamos una vida sexual muy activa, daba igual la hora del día, el rincón de nuestro apartamento, el coche, baños públicos, ascensores, playas. Lo habíamos hecho en tantos lugares que era incapaz de recordarlos todos.

—Te echo de menos, Lai —susurró mientras su mano se colaba por debajo de mis bragas.

Una parte de mí quería gritarle que parara, que cogiera su puta mano y fuera a hacerle una paja a su nuevo novio, pero la otra quería que siguiera ahí, justo donde estaba, sus dedos ya estaban bailando entre mis piernas y mis labios esperaban haciendo palmas lo que sabían que estaba por venir. Me hizo recular hasta el sofá y me empujó hasta que caí de espaldas y ella se me tumbó encima, no opuse resistencia. Subió mi camiseta y empezó a lamer mis pechos con hambre mientras me quitaba las bragas. Sentí que desfallecía bajo sus caricias, hacía tres semanas que me había ido de su casa y desde entonces solo me había masturbado, siempre llegaba al orgasmo, pero no era lo mismo, no era lo mismo que correrme en su boca, que sentir su lengua serpenteando por mi sexo, que sentir su sexo encajado con el mío, que besarla hasta quedarme sin aire, follarla hasta quedarme sin fuerza y abrazarla hasta quedarme dormida. Yo también la echaba de menos cada puto segundo del día que pasaba, pero no pensaba decírselo.

Intentó besarme mientras dos de sus dedos se introducían por mi húmeda vagina, eso no se lo permití, eso pude negárselo y me sentí orgullosa de poder arrebatarle algo que sabía que ella deseaba, a Vero le encantaba que la besara, decía que tenía un don para usar la lengua dentro de su boca, yo no sabía si era cierto o no, pero hacía tres semanas que ella había perdido el derecho a beneficiarse de ese don. Introdujo un tercer dedo y yo gemí profundamente cuando noté su pulgar ejerciendo presión sobre mi clítoris, ella sabía todo lo que me gustaba, seis años de sexo diario nos habían servido a las dos para conocer nuestros cuerpos a la perfección, para saber que nos gustaba y que nos gustaba todavía más.

Vero sabía que me gustaba que me follara fuerte cuando estaba cabreada y eso era lo que estaba haciendo, sus tres dedos entraban y salían de mí con fuerza y velocidad mientras intentaba coordinar su pulgar con esos movimientos para estimular mi clítoris al máximo, ya estaba a punto, y por su puesto ella lo sabía, los gemidos escapaban de mi garganta con la misma fuerza que mis lágrimas peleaban por salir, así que sacó sus dedos de mi interior y se centró en hacer círculos sobre mi clítoris hasta que me corrí en su mano.

Allí estaba yo, tirada en el sofá, con la camiseta subida por encima de los pechos y las piernas abiertas mientras Vero secaba las lágrimas que habían comenzado a salir descontroladas tras el orgasmo. Aparté la cara, había dejado que me follara, pero no quería que me mirara con esa expresión compasiva, sabía que ella me seguía queriendo, podía leerlo en sus ojos, me había querido demasiado como para dejar de hacerlo en tres semanas, pero estaba claro que quería a alguien más y que poco a poco sus sentimientos por mí iban a desaparecer. Tan solo esperaba que los míos por ella hicieran lo mismo cuanto antes.

—Quiero que te vayas —sollocé sin mirarla.
—¿No quieres que lo hablemos, mi vida?

No me dejaste darte explicaciones —preguntó nerviosa.

Eso era cierto, no la dejé explicarse, para mí no había excusa posible ni lógica que explicara lo que hizo. Creo que una parte de mí no quería escucharla porque en el fondo tenía miedo, miedo de lo que pudiera decirme, de escuchar de sus labios que aquello no era la primera vez que pasaba. No estaba preparada para escucharla entonces y tampoco lo estaba ahora.

—¡Ni se te ocurra llamarme así, Vero, ya no! —dije enfurecida.

—Perdona, es la costumbre —contestó aturdida.

Me giré hacia ella furiosa, me bajé la camiseta para recuperar algo de dignidad y me senté.

—No hay nada que explicar, Vero, me quedó muy claro en cuanto llegué. Quiero que te largues y que no vuelvas más, no quiero que me traigas nada ni que me llames por teléfono. Lárgate de una puta vez, por favor —le rogué entre lágrimas.

—Nunca quise que pasara, Lai, y jamás pretendí hacerte daño de esta manera —dijo con sus preciosos ojos azules bañados en lágrimas mientras yo la miraba sintiendo que me rompía por dentro—, solo quería que lo supieras.

Vero me besó la cabeza de forma intensa y

sonora y levantó su esbelta figura del sofá, se llevó un par de mechones de su larga melena rubia detrás de las orejas y tras dedicarme una última mirada, se fue. Volví a llorar desconsoladamente, igual que lo hice durante las dos semanas que pasé viviendo en casa de Lorena tras presentarme aquella noche con una pequeña mochila y contarle que había encontrado a mi novia follándose a un tío en el hueco de la escalera de nuestro portal.

No me hubiera enterado si no hubiese sido por los gemidos. Había subido ya un par de escalones cuando oí gemir a una mujer y reconocí aquellos gritos de placer de inmediato, yo había estado provocándolos a diario durante años. Las piernas me temblaron y me quedé paralizada, debatiéndome entre mirar y asegurarme de que era ella o simplemente subir a recoger mis cosas de su apartamento mientras ella acababa de follar con su amante. Opté por la primera, necesitaba corroborar con mis ojos lo que mis oídos me decían, que era muy simple: aquella mujer de la que estaba locamente enamorada, aquella en la que confiaba ciegamente desde el primer día me había traicionado, me estaba traicionando en aquel preciso momento.

Casi por inercia bajé los escalones que había subido y me asomé al hueco de la escalera. La imagen no pudo ser más dolorosa, en efecto era ella, era mi chica a la que aquel cabrón estaba empalando contra la pared una y otra vez mientras ella le comía la boca y acariciaba su cabeza. Solo fueron unos segundos el tiempo que permanecí mirando, pero en esos segundos ella abrió los ojos y me vio, se soltó de inmediato dejando a su amante empalmado, se bajó la falda y caminó hacia mí suplicándome perdón. Yo me sentía doblemente engañada en aquel momento, uno por motivos obvios y dos porque jamás me habló de su bisexualidad, todas sus parejas anteriores habían sido mujeres, jamás se me ocurrió pensar que sería una polla la que me arruinaría la vida.

—Lai, lo siento mi vida —acertó a decir con el rostro desencajado.

La miraba y no podía pensar ni respirar, los oídos me zumbaban y millones de imágenes acumuladas durante aquellos años con mi novia volaban por mi mente haciendo que me dolieran los ojos. Tenía un nudo en la garganta, Vero me pedía perdón mientras aquel se la cascaba detrás de ella.

—No subas hasta que yo no me vaya —eso fue lo único que me salió por la boca.

Arranqué a correr escaleras arriba, entré en el apartamento y llené una mochila con lo justo para sobrevivir unos días. Me dirigí a la puerta y de camino hice un alto, en el mueble del recibidor había una fotografía nuestra, del día que nos conocimos, le arreé un guantazo tan fuerte que salió despedida contra la pared. Salí por la puerta y bajé tan rápido como pude, ella seguía en el portal, al menos me había respetado en lo de no subir, lloraba desconsoladamente pidiendo que no me fuera, pero yo no podía ni mirarla.

Trabajo de escolta privada, así es como conocí a Vero cuando tenía veintitrés años, ella tenía dos más que yo. El presidente de no sé qué país africano venía al consulado español, me asignaron la protección de su hija menor y Vero formaba parte de la escolta policial que nuestro querido gobierno les había brindado. Mientras ese presidente estaba de reuniones y la niña jugaba en una pequeña sala bajo mi atenta supervisión, Vero se acercó a mí.

Podía decirse que yo acababa de salir del armario en aquel entonces, no porque me diera miedo, sino porque no fue hasta esa edad cuando por fin me di cuenta de que lo único que no había encajado nunca en mi vida eran los hombres. Había tenido un par de rollitos antes, pero ella fue mi primera novia oficial, la que me lo enseñó todo, la que me dejó experimentar tímidamente con mis manos y mi boca sobre su sexo, la que me hizo cosas que hasta entonces no sabía que existían, la que estaba a mi lado en los momentos buenos y en los malos, la que me hizo saber lo que era sentirse amada y lo maravilloso que podía ser amar a alguien. Ahora podía añadir una nueva lección a la lista: Vero también me había enseñado lo que era el dolor más insoportable que había experimentado hasta entonces.

Lorena era mi entrenadora, bueno, no solo mía, trabajábamos para la misma empresa de seguridad privada. Ser escolta en aquella empresa no consistía solo en proteger a quien te asignaban, recibíamos entrenamiento diario para asegurar que siempre estábamos en forma y atentos, y Lorena era la que se encargaba de eso. Era una mujer fuerte, también rubia para recordarme a mi ex en todo momento, estaba increíblemente fibrosa, cualquier curva de su cuerpo era puro músculo y se movía como una gata por el tatami. Empezó como ayudante del antiguo entrenador y al final se quedó con su puesto cuando él se jubiló.

Aunque era casi nueve años mayor que yo, conecté con ella desde el primer día, enseguida nos hicimos amigas, ella se acababa de divorciar de su segundo marido cuando nos conocimos y yo fui su apoyo durante el tiempo que necesitó para recuperarse, que fue bastante. Ahora ella era el mío. Casi me obligó a quedarme en su casa durante las dos primeras semanas y fue la que me acompañó a ver más de diez apartamentos hasta que por fin alquilé aquel.

Las visitas de Vero empezaron a ser frecuentes, ella venía, yo me cabreaba, después me follaba, nos quedábamos un rato abrazadas sin articular palabra alguna y ella se marchaba. Ese ciclo empezó a repetirse al menos una vez por semana.

Me decía a mí misma que era bueno para mí, la echaba tanto de menos que pensé que haciendo aquello me sería más fácil acostumbrarme a su ausencia, si tenía una pequeña dosis de vez en cuando podría soportar el puto mono de Vero que tenía a diario. Yo no la tocaba nunca, no podía, no podía tocar o lamer aquello que otro también tocaba o lamía, en cambio, sí que dejaba que me tocara y me lamiera con las mismas herramientas que utilizaba con él, era contradictorio, era una mierda. Vero no se quejaba, creo que sentía que me debía esos polvos y yo decidí aprovecharme de eso, regalarme orgasmos era lo mínimo que podía hacer después de lo que me había hecho.

Lorena no estaba de acuerdo, decía que jamás lo superaría si no cortaba aquello de forma radical, yo sabía que tenía razón, pero no me sentía preparada para no volver a ver a Vero, la sola idea hacía que no solo se me hiciera un nudo en el pecho, además me dolía, era como si alguien estuviera sujetando mi delicado corazón con sus manos y decidiera estrujarlo sin avisar. Me follaba por la tarde y yo lloraba por la noche, había entrado en una espiral autodestructiva de la que parecía que no iba a poder salir, o eso pensaba yo antes de acabar con la paciencia de Lorena.

Solía acudir a sus entrenamientos a última hora, cuando los demás ya se habían ido, así aprovechábamos para hablar de lo que fuera y ¿por qué no?, yo me beneficiaba de clases particulares. Lorena se dedicaba a profundizar en los movimientos que más me costaban y yo quemaba energía hasta que mi cuerpo no podía más. Aunque sabía que mi amiga no aprobaba mis encuentros con mi ex, yo se lo contaba siempre (no los detalles, pero sí que había estado con ella), pero aquella tarde parecía que Lorena no estaba dispuesta a permitir que aquello continuara. Nos pusimos los guantes y empezó a atacarme, al principio no me costaba defenderme, pero después empezó a añadir ataques verbales a sus puñetazos y aquello empezó a ponerme nerviosa y a volverme errática.

—¿Hasta cuándo vas a dejar que Vero te folle, Lai? —preguntó acompañando su frase de pequeños y rápidos golpes en mi cara y mis costados—, ¿serás su juguetito lésbico hasta que se canse? —siguió pegándome—, ¿cuánto crees que tardará en cansarse de ti? —preguntó mordaz.

No podía defenderme, me atacaba cada vez

más rápido, me buscaba, quería cabrearme y hacía un rato que lo estaba consiguiendo.

—Sabes lo que hace después de follar contigo, ¿no?

La miré con odio y lancé un derechazo con toda mi rabia, pero Lorena me esquivó sin despeinarse.

—Exacto, Lai —sonrió con maldad—, después de follar contigo se va a su casa y se lo folla a él.

La odié en aquel momento, no por lo que me estaba diciendo, sino porque sabía que tenía razón, que aquello lejos de ayudarme me hacía más daño, a mí y a ella, porque, aunque me jodiera profundamente reconocerlo, sabía que Vero también sufría con aquello y eso me dolía en contra de mi voluntad. Arremetí sin control contra Lorena, mis brazos iban solos en busca de su cara, de su abdomen, de cualquier hueco por el que pudiese colarme, no tenía un objetivo claro, quería pegarle con toda mi rabia y hacerle daño, pero no conseguía traspasar sus coberturas, estaba agotada, débil y aletargada, casi no podía respirar y, aun así, no dejaba de pegarle como una quinceañera cabreada.

—¡Para ya, Lai! —la oía decir de fondo mientras me esquivaba sin esfuerzo—, para o te haré daño —me advirtió alzando una ceja.

Yo la ignoraba y seguía con mi lluvia de guantazos torpes y cada vez más lentos, hasta que Lorena se hartó, se hartó de mi comportamiento infantil y me asestó un hostión en toda la cara que me hizo ver esas estrellas de las que todo el mundo habla. Caí plana sobre el tatami, por un momento me sentí desorientada y algo mareada, el corazón me latía en todo el lado derecho de la cara, y no veas cómo me dolía. Ella estaba de pie delante de mí mirándome mientras negaba con la cabeza, una pobre chica de veintinueve años que no era capaz de superar que su novia la hubiera engañado, estaba espatarrada en el tatami, con el pulso acelerado y la respiración entrecortada, mirando a aquella cabrona que acababa de derribarme con un solo movimiento cuando de pronto sentí como su pie me aplastaba mi más preciada zona.

No me lo podía creer, ¿en serio? ¿El pedazo de hostia que acababa de darme no era suficiente? ¿Tenía que humillarme de aquella manera? ¿Es que acaso intentaba inutilizar la más sagrada de las partes de mi cuerpo? ¿Aquella capaz de proporcionarme tantísimo placer? Eso sí que no podía permitirlo.

—¡Joder, Lore! —dije agarrando su pie por el tobillo sin fuerza alguna.

Ella apretó más y yo gemí, de dolor claro. Notaba como me miraba cabreada, pero desde aquella humillante posición me costaba mucho identificar hasta qué punto estaba enfadada, me dolía demasiado el ojo como para intentar enfocar.

—No la necesitas, Lai, Vero no es la única capacitada para hacer que te corras —argumentó apretando más—, ¡hay muchas chicas por ahí que estarían encantadas de perderse entre tus piernas, gilipollas!

—¿Vas a follarme con el pie? —pregunté turbada.

No sé por qué lo dije, Lore era hetero, pero me salió así.

Lorena por fin retiró su pie de mi zona sagrada, se agachó, me agarró por la pechera y me levantó como a una maleante. Lo cierto es que me movió tan rápido que me mareé un poco, pero a ella no pareció importarle, me empotró contra la pared y me alzó, de forma que mis pies solo rozaban el tatami con la punta de los dedos mientras mis manos se agarraban a sus muñecas, ahora que la tenía más cerca alcancé a ver lo mucho que la había cabreado...

—¡Tú estás por encima de eso, joder! No la necesitas a ella ni a nadie, tienes que cortar esas visitas o te acabarás hundiendo en la mierda, Lai.

Entonces me sacudió como si fuera un trapo lleno de polvo y me soltó.

Me dejé escurrir por la pared hasta sentarme en el suelo, y entonces pasó, me entró la risa, no podía dejar de reírme, por primera vez en los tres meses que hacía desde que Vero me la pegó con otro, había dejado de sentir dolor. No era que el dolor hubiera desaparecido, sino que ahora estaba ocupado por otro, el del hostión que Lorena me había pegado. La cara me dolía a rabiar, pero me gustaba, en ese momento fui consciente de que podía sentir algo más allá de Vero. Lorena empezó a reírse conmigo como si estuviese leyendo mi pensamiento, se acercó a la nevera y trajo una de las bolsas de hielo, se agachó frente a mí y me la aplastó en la cara sin mucho miramiento, ella era así de bestia.

—Aaau —me quejé riendo.

—No seas llorica —dijo retirando la bolsa un momento para ver el alcance de su puño.

Yo volví a quejarme cuando presionó mi pómulo con sus dedos, ahora ya no me reía, joder como me dolía.

—Perdona, creo que me he pasado un poco —confesó volviendo a colocar la bolsa de hielo en mi cara—, ¿por qué no hablas con Toni, cariño? Pregúntale si sigue en pie la oferta que te hizo, te vendrá bien —sugirió mientras me apartaba el pelo de la cara.

Lorena se coló entre mí y la pared, se sentó y me rodeó con sus brazos, yo me giré un poco y reposé mi lado bueno de la cara contra su pecho casi plano. Me sentía bien, me sentía segura con ella. Tal vez Lorena no fuera la persona más sensible del mundo ni fuera capaz de decir las cosas de un modo delicado, pero yo sabía que se preocupaba por mí, que odiaba verme sufrir y que haría cualquier cosa con tal de que yo me sintiera mejor. Así era Lorena conmigo, bruta y maternal a partes iguales.

Toni era nuestro jefe, no el jefazo, pero sí aquel ante quien yo respondía. Unos días antes del peor día de mi vida, Toni me ofreció una especie de ascenso por así decirlo, quería que me dedicara a clientes de largo plazo, así llamábamos nosotros a aquellos a los que había que acompañar durante semanas, ya fuera en viajes de negocios, de placer o la simple rutina diaria. Yo lo rechacé porque eso implicaba estar mucho tiempo separada de Vero, pero ahora ella ya no estaba y tal vez fuera una buena idea para mí.

—Quizá lo haga —dije cerrando los ojos un rato mientras mis lágrimas resbalaban en silencio.

—Esa es mi niña —susurró besándome la cabeza—, esta noche duermes conmigo, me siento responsable de tu estado de torpeza.

Me sentía demasiado cansada para negarme, y al fin y al cabo en su apartamento todavía me quedaba algo de ropa.

Lorena solo tenía una cama, dormí con ella durante aquellas dos semanas y todas las noches me repetía lo mismo que acababa de decirme.

—Nada de meterme mano, ¿eh?

Sonreí y dejé caer mi cabeza en su hombro

hasta que me dormí.

2. ADIÓS VERO

Esa mañana me levanté eufórica, tanto que se me olvidó dónde estaba, me tropecé con las zapatillas de Lorena y me estampé todo lo larga que era contra el suelo.

—¡Joder! —grité con mi lado malo pegado a la baldosa.

Tenía grandes planes para ese día y lo estaba empezando besando el suelo. Lore no dejaba de reírse mientras me ayudaba a levantarme.

—Desde luego mira que llegas a ser torpe cuando te lo propones —comentó echando un vistazo a mi cara y haciendo una mueca extraña.

—¿Qué? —pregunté dirigiéndome directamente al baño para mirarme en el espejo—. ¡Joder, Lore! ¿Tenías una puta piedra metida en el guante?

Tenía el pómulo y el ojo ligeramente hinchados, pero eso no era lo preocupante, lo peor era que desde el pómulo hasta la frente, mi cara era un surtido variopinto de colores, que iba del azul al rojo, pasando por el morado y el verde. Lore disimuló aquel desastre con maquillaje, aun así, era evidente que me habían partido la cara.

—¿A dónde vas con tanta prisa? —preguntó sin una pizca de remordimiento cuando me bebí el café de un trago y cogí una deliciosa tostada entre los dientes mientras me ponía la chaqueta.

Si había una cosa que Lore sabía hacer bien, sin duda era cocinar, bueno, ahora podía añadir otra cosa a la lista, hostiarme, eso también lo había hecho de maravilla.

—A ver a Vero, voy a decirle que no quiero más visitas. Después hablaré con Toni —dije convencida mientras salía por la puerta.

—¡No te la folles! —gritó haciéndome reír.

Fui directa a la comisaría, sabía que Vero a esa hora estaría trabajando. Entré como lo había hecho mil veces durante el tiempo que estuve con ella, conocía a todos sus compañeros y sabía que iba a ser duro ver cómo me miraban, pero estaba decidida y tenía que hacerlo, de otro modo no conseguiría superarlo nunca. Le pedí al chico de la ventanilla que la avisara, ese era nuevo, así que me estaba ahorrando dar explicaciones. Vero salió de inmediato y sus preciosos ojos azules me enfocaron con sorpresa.

—Joder, Lai, ¿qué te ha pasado? —preguntó preocupada.

La miré confusa, sin saber a qué se refería, pero entonces alzó su mano para tocarme la cara con delicadeza.

—¿Ah, esto? No es nada, no te preocupes. ¿Podemos hablar un momento? Será un segundo lo prometo.

—Claro, ven —dijo colocando una mano en mi cintura.

Me empujó hasta llevarme a una sala que parecía de interrogatorios, observé las paredes en busca de las cámaras cuando me interrumpió.

—No hay nadie, tranquila, ¿qué pasa, Lai? Me tienes intrigada.

Me quedé mirándola como si intentara memorizar cada centímetro de su piel para no olvidarla. Cuanto más la miraba, más gracia me hacía, siempre habíamos sido una pareja curiosa, ella rubia, yo morena, bueno más bien castaño clarito, ella ojos azules, yo verdes, ella de piel blanca casi nuclear y yo morena todo el año. Lo único que compartíamos era la altura, uno setenta y uno las dos.

—Lai... —murmuró para sacarme de mi ensimismamiento.

—Se acabó, Vero —dije tajante—, no quiero que vuelvas a venir a verme, hablo en serio— dije apoyando el culo en la mesa mientras se me hacía un nudo inmenso que ocupaba desde mi estómago hasta mi garganta.

Sus ojos se volvieron vidriosos, como si supiera que esa vez iba en serio, que lo nuestro por fin había llegado a su fin y que ya no iba a haber más Lai y Vero ni más Vero y Lai. Lo nuestro estaba sentenciado, una polla se encargó de ello. Se acercó a mí y me cogió una mano entre las suyas. Me acarició con cariño y parpadeó un par de veces conteniendo las lágrimas, después me sonrió con melancolía y lanzó un bufido al aire.

—Te enviaré tus cosas, si te parece bien —susurró sin dejar de acariciarme.

—Me parece bien.

—¿Puedo pedirte un último favor? —preguntó cuándo sus primeras lágrimas empezaron a resbalar por su mejilla.

—Depende —dije liberando mi mano de entre las suyas para pasar mis pulgares por sus mejillas y recoger aquellas gotas saladas que no dejaban de caer.

—Bésame una última...

No la dejé terminar, a ella le encantaba que la besara, pero lo cierto era que a mí también me encantaba hacerlo, lo echaba de menos tanto como ella, no lo hice porque ella me lo había pedido, lo hice porque yo también lo necesitaba, de alguna forma necesitaba poner fin a lo nuestro con algo que me dejara un buen recuerdo. Aproveché que mis manos ya tenían sujeta su cara y la atraje hacia mí, la besé con furia, con un hambre voraz, lamí su lengua y la chupé mientras ella colocaba sus manos en mí cuello y respondía a mí beso con profundidad. Mordí sus labios, los absorbí con los míos provocando que ella jadeara en mi boca y después aflojé el ritmo para convertirlo en algo más dulce. Acaricié su lengua con la mía, las lágrimas nos caían a las dos como si fuéramos dos putas fuentes, comenzamos a sollozar y nos sorbimos los mocos, cogimos aire y volvimos a besarnos con dulzura, sellamos aquellos seis años con nuestros labios. Me separé, la miré con el corazón a punto de explotarme dentro y le di un último y sonoro beso, me marché sin mirar atrás.

3. DE HOSTIA EN HOSTIA

Salí de la comisaría llorando como una magdalena, jamás me había sentido tan vacía ni tan angustiada, pero, por otro lado, me sentía libre, había aparcado algo que me hacía daño y estaba dispuesta a enfrentarme al dolor y al vacío que me provocaba su ausencia. Me había propuesto salir por el ambiente, conocer gente nueva y echar un polvo con alguien que no fuera Vero. Recordaba las palabras de Lorena: *"Vero no es la única capacitada para hacer que te corras"*. Tenía que asegurarme de que eran ciertas y ¿por qué no?, tal vez un polvo con otra mujer me ayudaría a centrar mi mente en algo que no fuera ella.

Tal y como le había dicho a Lore me fui a hablar con Toni, le pregunté si seguía en pie la oferta y me ignoró.

—¿Eso te lo ha hecho Lorena? Debes haberla cabreado mucho —comentó sonriendo.

Toni era uno de esos jefes enrollados siempre que no le tocaras los cojones. Yo nunca le había causado problemas, así que siempre había gozado de su buen humor.

—La última vez que hablamos de esto dijiste que no querías pasar tanto tiempo separada de tu pareja, ¿qué ha cambiado, Lai? —preguntó provocando que un dolor punzante me atravesara el pecho.

Lo miré con mi ojo bueno, lo cierto era que conforme pasaban las horas cada vez me costaba más enfocar con el malo, me dolía horrores. Debió notar algo en mi expresión.

—Oh, ya entiendo, perdona que sea tan torpe —se disculpó tras deducir lo obvio—, no sabía que ya no estabais juntas, lo siento.

—Tranquilo —dije pensando en lo cortos que eran los hombres por naturaleza.

No pude evitar preguntarme que era lo que Vero había visto en aquel tío.

—Ahora mismo tenemos a todos nuestros clientes de largo plazo cubiertos, Lai, pero te tendré en cuenta si sale algo, ¿de acuerdo?

—Vale, gracias, Toni.

Me di por satisfecha, tampoco esperaba llegar y besar el santo. Esa noche cené con Lore como acostumbrábamos a hacer todos los viernes, la diferencia era que ese no me iba a quedar en su casa viendo una peli, había decidido salir en busca de alguien que aliviara mis instintos primarios para no tener que hacerlo yo mientras pensaba en Vero, necesitaba que saliera de mi cabeza aunque fuese durante unos minutos. Lore estuvo encantada con la idea e intentó maquillarme de nuevo, pero aquellos colores se habían intensificado a lo largo del día y con el maquillaje parecía una muñeca chochona.

—Vale, sí, ahora mismo te lo quito —afirmó cuando vio mi cara de espanto al mirarme en el espejo—, con suerte estará oscuro y no se te verá mucho.

Entré en la discoteca a primera hora, yo no era de bailar y quería coger un buen sitio en la barra para divisar bien la mercancía. Lo cierto es que no estaba muy segura de ser capaz, me sentía muy perdida y bastante insegura, pero cada vez que esos pensamientos atropellaban mi mente me decía a mí misma que tenía que hacerlo, era necesario, era imperioso probar otro cuerpo que no fuera el de Vero, no lo superaría nunca si todo mi ser estaba únicamente impregnado por ella.

En cuanto entré me arrepentí, el zumbido de los altavoces retumbaba en mi cara haciendo que me doliera constantemente, estaba debatiéndome entre quedarme o irme, pero la camarera vino directamente hacia mí y me preguntó qué quería tomar, así que decidí que al menos me tomaría un gin-tonic.

—Buena decisión —afirmó guiñándome un ojo.

Sabía que en el ambiente una cara nueva era carne de cañón, y no tardé en empezar a notarlo. Hacía mucho tiempo que no bebía, Vero y yo siempre habíamos sido bastante sanotas en ese sentido y noté como poco a poco me iba sintiendo más desinhibida. Me gustaba la sensación, me permitía mirar a aquellas mujeres sin sentir vergüenza, así que me pedí otro por si acaso se me pasaba el efecto, la cara ya no me dolía tanto, supuse que el alcohol estaba haciendo de anestésico.

Hablé con tres chicas un rato antes de tropezarme con ella cuando iba al baño, iba con tanto cuidado de que no me rozaran la cara, que cuando vi que una chica que parecía bastante ebria estaba pegándose unos baileoteos de esos que abarcan la pista en todas direcciones, decidí pararme en seco para evitar que me arroyara al cruzarme con ella, pero no tuve en cuenta un pequeño detalle, otra chica caminaba pegada a mi espalda en dirección al baño y cuando yo me detuve se estampó contra mí, literalmente me atropelló en medio de la pista y provocó que yo me estampara contra la de delante. Era más bajita que yo y me di de lleno con su cráneo en mi lado malo, adiós a los efectos del alcohol.

—¡Jo-der! —me quejé aguantándome las

ganas de llorar.

Me quería morir, si había algo más doloroso que un hostión, sin duda era un segundo hostión donde me habían pegado el primero. Me doblé con las manos en la cara, el corazón me latía en toda la puta cabeza, noté como me comenzaban a resbalar unas lágrimas involuntarias, esas que no quieres que nadie vea pero que no puedes evitar que salgan.

«¿Qué coño hago yo aquí?» Me pregunté enfadada.

La chica que me atropelló se colocó delante de mí y se agachó para verme la cara, la oía de fondo preguntarme algo, pero entre la música, mi propio corazón palpitándome en la cara y los putos oídos que no paraban de zumbarme, no entendía nada. Me incorporó, me cogió de la mano y tiró de mí abriéndose paso hasta los baños. En cuanto entramos apoyé las manos en el mármol con la cabeza hacia abajo y ella se colocó detrás de mí, puso su mano en mi barbilla y me levantó la cara para verme a través del espejo.

—¡Hostia puta, tía!, menudo tortazo, perdona —se disculpó como si ella fuese la causante del baño de colores que había en mi cara.

—Ya lo tenía, no te preocupes —contesté con un pequeño tic en el ojo.

Me agaché para echarme agua, ella me ayudó a aguantar el botón del grifo, era uno de esos que yo nunca había entendido muy bien por qué estaban allí, al fin y al cabo, cuando lo apretabas no te daba tiempo a colocar las manos debajo porque ya se había cortado el chorro. Siempre me habían parecido un auténtico misterio.

—Gracias —dije incorporándome con la cara empapada.

—Espera —me pidió preocupada.

Se giró y empezó a aporrear la puerta de uno de los baños como si le fuera la vida en ello.

—¡Necesito papel! —gritó mientras yo la observaba divertida.

Llevaba unos vaqueros ajustados que le hacían un culo increíblemente sexy y una camiseta de tirantes que dejaba sus hombros al aire, tenía el pelo cortito y lo llevaba engominado de forma despeinada. Parecía de mi edad. De pronto apareció una mano por debajo de la puerta con un rollo de papel. Ella lo cogió, cortó un trozo enorme y se lo devolvió.

—¡Gracias! —dijo nerviosa.

Se acercó a mí y empezó a secarme la cara con cuidado. Era más alta que yo y su camiseta de tirantes me dejó delante su canalillo sin que pudiera evitar mirarlo.

—¿Te gustan? —preguntó socarrona sin dejar de secar mi cara.

Asentí avergonzada mientras hacía muecas de dolor, para qué mentir, me gustaban sus tetas. Ella sonrió y me apartó a un lado para dejar sitio a las demás chicas que iban entrando.

—¿Si te beso, te haré daño? —me susurró al oído provocándome un escalofrío en la espalda.

—¿Es tu forma de disculparte?

—Solo sí tú quieres, ¿te haré daño o no?

Me encogí de hombros con timidez, supongo que esa era mi manera de decirle que quería que me besara.

—Si te hago daño dímelo, ¿vale? —dijo con una amplia sonrisa.

Lo cierto era que mientras había besado a Vero por la mañana no recordaba haber sentido dolor, y en ese momento me dolía tanto que tampoco creía que fuese a dolerme más porque ella me besara.

—De acuerdo —susurré aturdida.

Colocó su mano en mi lado bueno y acercó sus labios a los míos con cuidado, me temblaban las piernas, ese iba a ser el primer beso que le daba a una mujer después de Vero, a partir de ese momento cualquier cosa que hiciera siempre sería *"después de Vero"*. Me besó con cuidado y deslizó su otra mano por mi cintura hasta colocarla sobre mi vientre haciéndome temblar.

Me gustaba, me gustaba mucho que me besara y me gustaba que me tocara, empecé a responder y aquello comenzó a ponerse un poco calentito como para quedarnos en el baño a la vista de todas.

—Ven —dijo cogiéndome de la mano de nuevo.

Caminé tras ella hasta salir de la discoteca y después un par de calles hasta llegar a su coche. Durante el camino me fui preguntando a mí misma si era buena idea irme con una completa desconocida, pero mi gran entrenamiento en defensa personal me dio seguridad para dejarme llevar y ver cómo acababa aquello.

—Vivo cerca —aseguró como si esperara una confirmación de que estaba dispuesta a irme con ella.

Asentí y me metí en el coche, mis bragas se habían mojado hacía rato y aquella chica parecía estar dispuesta a subsanar ese problema. En efecto vivía cerca, no tardamos más de diez minutos en coche. Entramos en su apartamento y me llevó directamente a la cama, nos dejamos caer y empezamos a besarnos otra vez, me gustaba recrearme en otros labios y me gustó más cuando se colocó encima de mí y empezó a frotar su sexo contra el mío. Le quité la camiseta y el sujetador, quería lamer aquellos pechos que me habían delatado en el baño, la giré hasta que quedó debajo de mí y empecé a chupar sus pequeños y endurecidos pezones mientras acariciaba sus pechos con la mano, la desplacé hasta su vientre y deslicé mi dedo alrededor de la cinturilla de su pantalón. Su respiración se empezó a acelerar de forma muy rápida, me pedía más, su cuerpo entero me pedía que me la follara y yo estaba deseosa de hacerlo.

Me quitó la camiseta y nos sentamos para quitarnos los pantalones, entonces volví a empujarla, volví a recorrer sus pezones con la lengua y acaricié el interior de sus muslos con suavidad, dejando que de vez en cuando alguno de mis dedos rozara su sexo por encima de las bragas. Estaba mojada, tan mojada como lo estaba yo, así que para qué esperar más, le quité las bragas y ella se abrió de piernas de una forma casi dolorosa. Dejé que mis dedos se perdieran entre sus pliegues, recorrí cada rincón de su entrepierna, tanteé la entrada de su vagina, no sabía si le gustaba que la penetraran o no, pero un movimiento de cadera buscando mis dedos me indicó que sí. Dirigí mi boca a la suya y empecé a besarla lentamente mientras introducía dos dedos en su interior, tampoco sabía cuántos quería.

—Otro —jadeó.

Obedecí y pregunté.

—¿Otro más?

Negó con la cabeza y empecé a follarla, fui aumentando el ritmo en función de sus movimientos de cadera y sus gemidos, hacía círculos en su clítoris con el pulgar, como Vero solía hacer conmigo cuando me penetraba, empezó a gritar con fuerza cuando estaba a punto de correrse, sentí como su vagina se cerraba alrededor de mis dedos de forma palpitante y me sorprendió lo mucho que me gustó la sensación de sentir la explosión de un cuerpo que no fuese el de Vero. Se agarró a mi cuello con las dos manos mientras empujaba doblándose de placer contra mi mano, yo la miraba, miraba como los ojos se le quedaban en blanco con cada calambrazo de placer hasta que se corrió en mi mano. Iba a limpiarme en la sábana, pero ella cogió mis dedos y los chupó ante mi cara de asombro. Me pareció raro, cada cosa que no me había hecho Vero era nueva para mí, pero me lo estaba pasando bien.

Cuando se recuperó salió de la cama y tiró de mis piernas hasta dejar mi culo en el borde, se arrodilló y me quitó las bragas, allí estaba yo, en la cama de una desconocida, sin bragas y con las piernas abiertas esperando a que su boca se perdiera entre mis piernas. Se inclinó hacia mi más preciada zona y primero empezó a jugar con sus dedos, estaba tan mojada que notaba como resbalaban entre mis labios.

—¿Quieres que te penetre? —preguntó con la mirada encendida.

—No —jadeé, no quería, no podía decir que no me gustara que me penetraran de vez en cuando, pero yo era más clitoriana, para qué negarlo.

Asintió y metió su lengua entre mis labios, estaba caliente, ardía, cada lametón que me daba hacía que me estremeciera de una forma inexplicable, se me contraían los labios mientras ella me lamía con la lengua plana hacia arriba y estrecha hacia abajo. Me besaba el clítoris, lo chupaba y lo apretaba con su lengua. Joder como me gustaba. Rodeó mi clítoris con los labios, lo sorbía y hacía círculos con la punta de la lengua, cada vez más rápido, mi cuerpo se tensaba cada vez más, lo que hizo que ella aumentara de forma inhumana la presión de su lengua hasta que me corrí, me corrí en su boca y ella se limpió con la sábana.

Cuando terminamos me sentí extraña, incluso durante unos segundos tuve ganas de llorar, pero conseguí controlarme. Creo que nunca había experimentado el sexo sin amor, aunque era diferente, fue muy liberador disfrutar del sexo sin ataduras, sin explicaciones, sin complicaciones. Se tumbó a mi lado, apoyada sobre sus codos mientras me miraba sonriente y yo intentaba recuperar el aliento que me había arrebatado.

—¿Qué te ha pasado en la cara? —preguntó con descaro.

No pude evitar sonreír al pensar en Lore, la perra de Lore, ella siempre decía que lo mejor era una buena hostia a tiempo, ya podría haber estampado su puto guante en mi cara tres meses antes. No me había curado de mi amor por Vero, pero desde luego empezaba a sentir otras cosas que no fueran solo dolor, y todo fue a partir del hostión de Lore.

—Mi mejor amiga me arreó un puñetazo —contesté riendo.

Me miró con los ojos muy abiertos durante unos segundos, después se acabó contagiando de mi risa.

—Vaya, pues no sé si quiero conocerla —comentó alzando una ceja.

Después se acercó y me lamió el labio inferior antes de secuestrarlo entre los suyos.

—Me llamo Lorena, por cierto —soltó dejándome atónita.

Mis ojos se abrieron como platos, ¿de verdad? ¿Lorena? ¿No había más nombres posibles para la mujer que acababa de follarme con la lengua? Me reí sorprendida.

—¿De qué te ríes? —preguntó a medio camino entre la curiosidad y la ofensa.

—Perdona, es que mi amiga, la del... —me señalé la cara con el dedo mientras ella asentía —, también se llama Lorena.

—Mejor, así siempre que la veas a ella te acordarás de mí —me susurró.

Igual tenía razón, tal vez durante una temporada me acordase de ella, o tal vez no...

—Yo me llamo Lai —dije incorporándome.

—Lai. Es muy bonito —dijo con una sonrisa.

—Gracias.

—Y supongo que ahora es cuando te vas, ¿no? —preguntó levantándose y cogiendo algo de la mesilla.

En efecto había acertado, me había encantado estar con Lorena, pero en ese momento me apetecía irme a casa, ducharme y tal vez recrearme recordando lo que me había hecho, ya veríamos.

—Sí —contesté sin más explicaciones y agradeciendo que ella tampoco me las pidiera.

—Toma, este es mi número, si algún día te aburres ya sabes —dijo metiendo un papel en el bolsillo de mi pantalón—, espera, que te llevo.

—No hace falta, iré andando hasta el coche.

—Andando está lejos y a estas horas no es aconsejable que una chica tan guapa ande sola por la calle —argumentó dando por zanjada la discusión.

Se puso el pijama y una sudadera y me llevó hasta mi coche, antes de salir me giré hacia ella y nos besamos de forma intensa.

Llegué a casa y solo me duché, estaba agotada, me metí en la cama y por primera vez en meses no me costó conciliar el sueño.

Mi móvil empezó a vibrar, al principio lo oía como algo lejano que no iba conmigo, pero seguía vibrando y abrí un ojo sin tener muy claro qué día era. Parpadeé un par de veces intentando despejarme, el móvil no dejaba de vibrar y ya me estaba cabreando. Cuando por fin reaccioné y estiré el brazo para cogerlo fue demasiado tarde, la vibración hizo que el móvil recorriera la breve distancia hasta el borde de la mesilla y se cayó al suelo de forma estrepitosa.

«Me cago en la puta» lamenté en voz alta.

Todavía no me había dado tiempo a moverme del todo cuando comenzó a vibrar otra vez. Abrí el otro ojo y sentí una punzada de dolor que me cortó el aliento. Respiré profundamente hasta que el dolor se calmó y enfoqué de nuevo, entraba algo de luz por la ventana, pero no sabía la hora que era, así que me asomé por el borde de la cama hasta coger el puto teléfono. Era Lore, no la que me había follado la noche anterior, era la otra, la que me había partido la cara.

—¿Qué hora es? —pregunté al contestar.

—Ábreme, estoy abajo —y colgó sin más. Me entraron ganas de estrangularla.

Salí de la cama en bragas, abrí la puerta de la calle y dejé abierta la de la entrada, me volví a la cama porque necesitaba estar tumbada, mejor dicho, me apetecía estar tumbada. Escuché cómo Lore cerraba la puerta al entrar y me llegó un olor a bizcocho recién hecho que me hizo rugir el estómago, nadie hacía el bizcocho mejor que mi amiga.

—¿Quieres taparte las tetillas, guarra? —dijo al entrar en la habitación.

No es que yo tuviese unos pechos enormes, pero si los comparábamos con los suyos, tetillas no me pareció la descripción más adecuada. Me puse una camiseta y Lore se sentó conmigo en la cama.

—Mmmm eres la mejor —dije cogiendo el batido de chocolate que me ofreció y un trozo de bizcocho.

—Bueno qué, ¿alguien jugó por aquí abajo anoche? —preguntó colocando su cálida mano sobre mi sexo.

—Lore —me quejé riendo.

—¿Qué? —preguntó arqueando las cejas con una sonrisa.

—Que se llamaba Lorena.

—Qué dices, Lai, ¿quién se llamaba Lorena? —preguntó confusa.

—La que jugó aquí abajo anoche.

—¿En serio? No me jodas, es una puta señal, soy tu hada madrina del sexo. ¿Lo hizo bien? ¿Es digna de volver a saciar tu sed?

—Lo es —afirmé dando un enorme bocado al bizcocho.

Me estrujó entre sus brazos un par de veces y me pidió detalles, aunque yo en ese sentido no solía ir más allá de explicarle cómo nos habíamos conocido, los detalles íntimos me los reservaba para mí.

A partir de ese día los fines de semana que no trabajaba se convirtieron en eso, salir, conocer a alguna tía, follar, y vuelta a empezar. Mi cara poco a poco volvió a su color moreno habitual. Quedaba con la otra Lorena de vez en cuando, (la Lore de los Polvos), las dos buscábamos lo mismo, sexo sin compromiso, así que nos llevábamos bien.

No es que me hubiese convertido en una zorra promiscua, pero me gustaba el sexo y poco a poco Vero estaba pasando a un segundo plano en mi vida, ya no me retorcía de dolor al pensar en ella aunque sí que seguía habiendo muchos momentos en los que la echaba de menos, sobre todo en las cosas más simples y mundanas, acababa de empezar la nueva temporada de Juego de tronos y no tenía a nadie con quien comentarla, a mí y a Vero nos encantaba la serie por igual, la veíamos juntas y después la comentábamos, pero a ninguna de mis Lores le gustaba y era en detalles tan absurdos como ese en los que más la echaba de menos.

4. LORE DE LOS POLVOS

Esa mañana Toni me llamó a su despacho.

—Tengo un trabajo para ti —anunció con una sonrisa—, vas a estar ocupada unos diez días más o menos. Es en Madrid, así que prepara la maleta.

¿Más o menos? ¿No sabía cuánto tiempo? No tuve la impresión de que me estuviera preguntando si me interesaba, estaba afirmando que ese trabajo lo iba a hacer yo, y encima tenía que irme a Madrid, con lo que empezaba a gustarme Barcelona últimamente.

—¿De qué se trata? —pregunté intrigada.

—Digamos que un alto cargo del gobierno quiere que hagamos un trabajo para él, en breve será nombrado diplomático. Supongo que no hace falta que te diga que un cargo como ese no se lo dan a cualquiera, hay cosas muy importantes como la unidad familiar, comportamiento ejemplar, etc.

Lo cierto era que sí que hacía falta que me lo dijera, lo único que sabía yo de los diplomáticos era eso de que tenían inmunidad para hacer lo que les diera la puta gana.

—Verás, este hombre necesita guardar las apariencias hasta firmar el cargo, es triste, pero es así, toda su familia está colaborando, comportándose de manera ejemplar, asistiendo a actos públicos, siguiendo el protocolo y mostrándose unida.

—¿Toda su familia menos quién? —pregunté para evitar que siguiera dando rodeos, estaba claro que había uno de sus miembros que no se estaba comportando como el cabeza de familia quería.

—Una de sus hijas, la pequeña. Al parecer la chica está en una época de rebeldía y no está colaborando demasiado, no se presenta a los actos y si lo hace llega tarde y borracha, no sonríe en las fotografías familiares y ese tipo de gilipolleces, cumplió los dieciocho hace poco y no se le puede prohibir nada, y resulta que a la niña le va la fiesta, alcohol, drogas...

«*Vaya, la dulce niña no se aburre*» pensé.

Pero ese caso me sonaba ya de algo, me constaba que lo estaban llevando dos compañeros.

—Su padre quiere que pongamos a alguien que la controle hasta que firme el cargo, no puede obligarla a nada porque es mayorcita, pero si podemos evitar cosas como que coja el coche drogada y se estampe, que le saquen alguna fotografía que pueda perjudicar a su padre o que se meta en algún lío se conforma.

—Es decir, que su padre quiere mantener controlada a su hija hasta que firme el cargo, si después ella se estampa con el coche y se mata ya no importa, ¿no?

—Eso no es asunto nuestro, Lai —sentenció.

—Toni, ¿este caso no lo llevan ya Marcos y Alberto? Porque me suena un poco.

—Sí —confirmó.

Ahora sí que me estaba perdiendo, si ya había dos compañeros encargándose del caso, ¿qué pintaba yo?

—Verás, a su padre se le olvidó mencionar un pequeño detalle, tal vez porque lo desconozca, no lo sé, pero resulta que la chica es lesbiana y en algunos de los locales en los que se mueve no dejan entrar a hombres, lo cual está resultando ser un problema para vigilarla de cerca. Ahí es dónde entráis tú y Claudia, lo único que tendréis que hacer es entrar en esos locales y vigilarla, si veis algo gordo intervenís y si no, se lo dejáis a Marcos y Alberto.

—¿Quién es Claudia? —pregunté después de que él la mencionara como si yo ya la conociera.

—Claudia se unió a nosotros la semana

pasada, será tu compañera, ya sabes que en lugares con grandes multitudes no me gusta enviar a agentes solos. Os he alquilado un apartamento en el centro, cerca de la zona de ambiente, esa será vuestra casa hasta que ese hombre firme el puto cargo. Vuestro avión sale mañana, Claudia te estará esperando en la puerta de embarque, aquí tienes tu billete y una fotocopia del suyo por si acaso.

¿Por si acaso qué? ¿Por si lo pierde? ¿También iba a tener que ser la niñera de Claudia?

Salí de su despacho corriendo y bajé al gimnasio en busca de mi Lore, comenzaba a tener una vida medio estable, por fin empezaba a acostumbrarme a mi estado solitario sin Vero, a mis salidas, a mis Lores y a mi nuevo apartamento, y ahora Toni me lo iba a quitar todo de un plumazo. Secuestré a Lore sin miramientos.

—Será un momento —les dije a los compañeros que estaban en clase en aquel momento.

La llevé a un rincón y se lo conté todo casi sin respirar, aquel nuevo trabajo me había pillado por sorpresa y no sabía si estaba preparada para algo así, no en aquel momento.

—Mira el lado bueno, cariño —dijo intentando calmarme—, te vas a pegar un montón de fiestas gratis. Aprovecha y disfruta.

¿Ya está? ¿Eso era todo lo que mi Lore tenía

que decir?

—Por supuesto que te echaré de menos —dijo al ver mi cara de abandono—, pero te vendrá bien desconectar, ve a preparar tus cosas y vente a mi casa a cenar esta noche para despedirnos.

Me dio un beso en la frente y se fue con los compañeros sin haberme dicho nada que lograra que me sintiera mejor.

«Tengo que llamar a Lore» pensé. A la Lore de los polvos, si tenía que estar vigilando a la niñata, no podría dedicarme a ligar.

«Joder» pensé con los ojos muy abiertos.

¿Cuánto tiempo iba a estar sin sexo? Se me hizo un nudo en la garganta solo de pensarlo. Saqué el móvil y marqué el número de Lore de los polvos.

—Dime que estás libre esta tarde —supliqué nerviosa.

—Para ti siempre, pásate a las seis —concluyó provocándome una sonrisa.

Buff, menos mal, Lore era comercial de una empresa de publicidad, todos los días solía hacer muchos kilómetros por las ciudades cercanas y no estaba segura de pillarla cerca, pero había estado de suerte. Preparé mi maleta con lo justo para pasar diez días, si faltaba algo ya me lo compraría allí.

Llegué puntual a casa de Lore de los polvos, me abrió la puerta con una toalla envolviendo su cuerpo desnudo y se me mojaron las bragas de inmediato.

—Qué puntual, nena —dijo antes de darme un caluroso beso con lengua.

Así me llamaba algunas veces cuando estábamos en su casa, allí era como si fuéramos una pareja estable, dentro de esas cuatro paredes nos tratábamos con cariño y respeto, aunque las dos tuviésemos claro que nuestra relación se basaba solo en el sexo. Siempre nos veíamos en su apartamento, era una especie de norma que yo me había impuesto, supongo que de alguna forma quería reservar mi cama para alguien por quien sintiera algo más que ganas de follar.

Teníamos mucha confianza y me movía con total libertad por su casa, con el tiempo habíamos empezado a entablar cierta amistad, de vez en cuando nos tomábamos un par de cervezas después de follar y nos contábamos cosas, después volvíamos a follar y yo me iba. Me gustaba ese rollo. Y me gustaba todavía más el olor de su cuerpo recién duchada, olía a algún tipo de flor silvestre, siempre me decía el nombre, pero nunca conseguía recordarlo.

Le besé el cuello y le quité la toalla dejándola caer en el suelo, allí estaba ella, totalmente desnuda en medio del comedor, con su dulce olor a flores esperando a que lo saboreara. La miré sonriendo y me acerqué para ver si estaba mojada o tenía que ocuparme de ello. Metí mis dedos entre sus labios después de que ella me quitara la camiseta, sonreí al comprobar que estaba perfectamente lubricada. La empujé contra el sofá y cuando cayó le separé las piernas, me ayudé de mis dedos para separar un poco sus labios y besé su clítoris, me mojé la lengua y lo lamí con fuerza, sabía que le gustaba así, por lo que seguí lamiendo todo su sexo mientras ella jadeaba y movía ligeramente su cadera pidiéndome más, me encantaba que me rogara de esa manera.

Tracé círculos alrededor de su entrada y la penetré ligeramente con la lengua, Lore bufó con gusto y estiré un brazo para agarrar uno de sus pechos. Lo masajeé con delicadeza mientras desplazaba mis besos hasta su clítoris, empecé a besarlo, a lamerlo, Lore gemía con desesperación, empujaba su sexo contra mi boca, volviéndome loca de deseo. La observé un segundo sin poder evitar una sonrisa de satisfacción y me separé, subí mi boca hasta la suya para devorarla con hambre y utilicé tres dedos para penetrarla, Lore gimió con fuerza y se los dejé dentro, quería que los notara, pero me la follé con la palma de la mano. La apreté contra su clítoris y empecé a hacer movimientos circulares mientras mis dedos seguían en su interior. Nunca la había escuchado gritar tan fuerte, gemía como si hiciera meses que no follaba, su cadera se acompasó al movimiento de mi mano y se corrió mientras yo miraba cómo le temblaba todo el cuerpo.

Me desnudé mientras ella se recuperaba, quería restregar mi sexo contra el suyo para calmar mi necesidad, estaba muy excitada, así que no iba a tener que esforzarme mucho. Lore se giró y fue ella la que acopló nuestros sexos a la perfección, se le daba muy bien eso, empezó a cabalgar contra mí haciendo pequeños movimientos circulares con su cadera, joder como me gustaba cuando lo hacía, sentía un hormigueo entre mis piernas que me hacía perder el sentido. Lore seguía mientras me besaba la cara, empezando por los ojos y acabando con un ataque de su lengua dentro de mi boca. Agarré su culo y empujé más fuerte, estaba nerviosa y necesitaba más intensidad.

—¿Más fuerte? —preguntó jadeante.

—Por favor —jadeé turbada.

Lore sonrió y empezó a repetir sus movimientos con más fuerza, empezamos a gemir de placer de inmediato, yo la ayudaba con las manos, aunque no parecía necesitarlo, se la veía cómoda en aquella nueva modalidad. Siguió empujando entre gemidos hasta que nos corrimos juntas. Cayó exhausta encima de mí, la abracé con fuerza y nos besamos vagamente con el poco aire que teníamos.

—¿Estás bien? —le pregunté.

—Muy bien —sonrió—, pero estaré mejor

con una cerveza, así de paso me cuentas por qué estás tan nerviosa.

—No lo estoy —argumenté poco convencida.

—Claro que sí —afirmó haciéndome sonreír.

Me levanté y me dirigí a su nevera a por las cervezas, yo solía llevarlas, no quería abusar de su hospitalidad. Volví y me tumbé a su lado para contarle el nuevo trabajo que me habían asignado. No nos vestimos, ¿para qué? Si después íbamos a volver a follar. Lore me escuchó atenta y cuando terminé mi recital de quejas por no poder follar durante mi nueva misión empezó a lamerme la oreja provocando un ligero espasmo entre mis piernas.

—Llámame y follaremos por teléfono —me susurró sonriendo.

Joder, mi sexo se inundó con sus palabras. Me entró la risa nerviosa y me atraganté con la cerveza mientras ella se reía de mí con ganas.

—Joder, Lai, eres muy dramática, nena, no vas a estar detrás de esa niña las veinticuatro horas, seguro que encontrarás un hueco para conocer a alguna tía y meterla entre tus sábanas, y si no, siempre puedes follarte a tu compañera —bromeó ante mi cara de espanto.

¿Follarme a mi compañera? ¿A Claudia pierde billetes? No, gracias, no me motivaba nada la idea. No sabía por qué, pero tenía la corazonada de que era una estirada.

Dejó su cerveza y se deslizó hacia abajo llenando mi cuerpo de besos, se recreó en mis pechos mientras sus dedos jugueteaban entre mis piernas, siguió bajando y empezó a follarme con la lengua, yo gemía sin parar, Lore jugaba con mi clítoris y con mi orgasmo, cuando parecía que estaba a punto se retiraba para torturarme y hacer que le suplicara, joder que bien follaba Lore. Mi móvil empezó a sonar mientras ella me hacía retorcerme, estaba demasiado jadeante para contestar, pero me cortaba el rollo que sonara, estiré el brazo para colgar la llamada sin responder, pero Lore sacó su cara de mi sexo y me lo quitó de las manos.

—Está ocupada —respondió.

Después colgó y volvió a chuparme el clítoris con insistencia hasta que me corrí.

—¿Quién era? —pregunté entre risas.

—Lore de las Hostias —contestó descojonándose de la risa—, ¿cómo me tienes grabada a mí? —preguntó intrigada.

—Lore de los Polvos —sonreí—, puedo cambiarlo si quieres —dije temiendo que se hubiera ofendido.

—Qué va, nena, es muy apropiado, me gusta —dijo besándome otra vez.

Entonces caí, había quedado para cenar con Lore de las Hostias. Por eso me llamaba.

—¡Mierda! —exclamé alarmada levantándome de un salto.

—Tengo que irme, Lore, he quedado para

cenar con Lore, me matará si no me despido de ella.

Joder, qué raro era hablarle a Lore de Lore...

Lore bufó con fastidio y después me acompañó a la puerta, nos dimos los infinitos besos correspondientes y nos despedimos.

—Llámame cuando vuelvas, o antes si necesitas que te ayude —dijo enfocando sus divertidos ojos entre mis piernas.

—Lo haré —contesté ruborizada.

—¡Lai! —me llamó cuando salía.

—¿Qué? —contesté girándome hacia ella.

—También puedes llamarme para hablar, ¿vale? Estoy aquí si me necesitas.

Lore se acercó y me abrazó con cariño, por un momento me puse tensa y me entraron ganas de llorar, estaba claro que casi sin darnos cuenta nuestra amistad se había ido afianzando y yo había pasado a importarle más de lo que me esperaba, igual que ella a mí.

—Lo mismo digo, Lore.

Llegué a casa de mi otra Lore jadeando, por suerte no era muy tarde y cuando me abrió la puerta solo me pegó un collejón que casi me hace vomitar la cerveza.

—Aau —me quejé torciendo el gesto—, perdona, Lore, se me ha ido un poco la olla.

—¿Quién era la del teléfono? —preguntó arqueando las cejas.

—Lore, la otra Lore —contesté con una larga

sonrisa en los labios.

Joder, qué raro era hablarle a Lore de Lore.

—¿Y en qué estabas ocupada perra? —preguntó sardónica.

—Bueno, más bien era ella la que estaba ocupada entre mis piernas —comenté dando por zanjada la conversación.

Cené con Lore, pero no me despedí de ella porque se ofreció para llevarme al aeropuerto al día siguiente, así que me fui a casa, me duché y acabé de preparar mis cosas antes de dormir en mi cama por última vez durante los siguientes diez días.

5. REFLEJOS AZULES

De camino al aeropuerto, Lore de las Hostias empezó a interrogarme para asegurarse de que llevaba todo lo que necesitaba.

—Vale ya, Lore, pareces mi madre, joder.

Me dedicó una mirada indescifrable y enmudecí con un nudo en el pecho, mi madre no le llegaba a Lore ni a la altura de los zapatos. Colocó su mano en mi cabeza y me atrajo hasta ella lo suficiente para poder darme un sonoro beso que intensificó mi nudo.

—Yo siempre estaré aquí, cariño —susurró.

Asentí y carraspeé mientras buscaba algo por la ventanilla que me distrajera para no llorar.

—¿Qué terminal es? —preguntó de forma distraída.

—Mierda —murmuré para mí.

—¿Qué pasa?

Había estado tan ocupada follando con Lore de los Polvos y cenando con Lore de las Hostias que ni siquiera me había molestado en mirar los billetes que Toni me había dado. Retorcí mi cuerpo en el asiento y me giré hacia atrás para dar alcance a mi mochila y sacar la carpeta donde los había metido. Saqué los billetes con prisa y los miré.

—Terminal dos —dije aliviada.

—Dios, a veces me pregunto cómo es posible que sigas viva —comentó con los ojos muy abiertos mientras yo seguía mirando los billetes con horror.

Claudia tenía el asiento de la ventanilla y yo el del medio. Menuda putada, en los aviones siempre me entraba sueño y estar en ventanilla me permitía apoyar la cabeza en alguna parte. De Barcelona a Madrid no había mucho, pero sí lo suficiente como para echar una cabezadita.

—Joder, qué mierda —me lamenté.

Lore me miró con una ceja alzada.

—No me ha tocado la ventana —le expliqué haciendo una mueca.

—Siempre puedes pedirle que te cambie el asiento.

—Sí, claro, no pienso pedirle ningún favor, y menos el primer día.

Encontramos bastante tráfico y llegamos al aeropuerto con el tiempo justo, Lore parecía más nerviosa que yo, me achuchó veintisiete veces y me dio cuatrocientos besos antes de dejarme ir en busca de mi nueva compañera.

—Ten mucho cuidado, cariño —susurró.

Pasé el control de seguridad y escuché cómo hacían una última llamada para mi vuelo por megafonía, empecé a correr como una loca hasta que llegué a la puerta de embarque, por supuesto ya no quedaba nadie por entrar, yo era la última.

—Por poco —dijo la chica que comprobó mi billete y mi pasaporte.

En realidad fue mejor, así no tenía que andar buscando a la tal Claudia entre la gente, ahora que lo pensaba, ni siquiera sabía el aspecto que tenía, era más rápido encontrarla en su asiento. Caminé hasta la fila diecisiete y la vi, lo que más me llamó la atención de ella en aquel momento fueron los reflejos azules en su melena oscura recogida en una cola alta. Por lo demás, debía de tener más o menos mi edad, llevaba unas gafas de pasta y estaba leyendo un libro en papel. Parecía no haber roto un plato en su vida, por mi experiencia, las mosquitas muertas eran las peores.

Cuando llegué hasta ella fue cuando me di cuenta de que estaba en mi asiento y no en el suyo, alcé una ceja sorprendida, coloqué mi mochila como pude y la señora que había en el asiento del pasillo se levantó para dejarme pasar. Claudia ni me miró ni se movió, así que me tocaba espachurrarme entre el asiento delantero y ella para pasar. Llevaba un día de mierda entre atascos, aeropuerto y carreras por los pasillos, lo último que me apetecía era aguantar sus groserías, pero me tragué mi orgullo y me dirigí a ella amablemente.

—¿Eres Claudia? —pregunté con la mejor de mis sonrisas.

—¡Llegas tarde! —bufó sin levantar la vista de su libro.

Zas, ahí iba la primera pullita de la mosquita muerta.

—Lo siento, he encontrado un poco de atasco —dije mientras empezaba a pasar hasta mi asiento.

No le dije que estaba en mi asiento, yo quería el de la ventana, así que me hice la despistada como venganza por su grosería.

—Por eso yo siempre salgo con tiempo de sobra —dijo sin mirarme de nuevo.

Ea, otra vez. Justo en el momento de su inoportuno comentario me encontraba pasando por delante de ella, tenía mi culo justo a la altura de su cabeza y me entraron ganas de pegarle un culazo en toda la cara, se me escapaba la risa solo de imaginarlo, pero me contuve, no era plan.

«*Menuda gilipollas*» pensé mientras me sentaba en mi querido asiento de ventanilla.

—Te lo he cambiado, me marea mirar por la ventana, espero que no te importe —dijo con la mirada fija en su puto libro, al menos había sido amable esta vez.

—No me importa, tranquila —contesté mordiéndome los carrillos para no mostrarle la alegría que me producía el cambio.

Mientras el avión despegaba me fijé en sus manos, tenía la piel fina y los dedos largos, sus uñas estaban pintadas de negro con sumo cuidado. Me gustaron y no aparté la vista de ellas, lo que me hizo darme cuenta de que estaba utilizando su D.N.I como marcador de páginas, le dediqué una mirada fugaz y descubrí que teníamos la misma edad.

En cuanto a la ropa, Claudia vestía de lo más normalita, llevaba unos vaqueros, una sudadera y unas pisa cacas, así llamaba yo a las bambas esas con la suela totalmente lisa y sin surcos. Dándome por satisfecha después de la primera inspección visual a mi desagradable compañera, me quité la sudadera, la hice un ovillo y la coloqué entre la pared del avión y mi cabeza. Hora de dormir.

Me despertó un intenso dolor de oídos, nunca había entendido el motivo, pero siempre que los aviones perdían altura, me dolían tanto los oídos, como la cabeza y las cervicales, sentía unos dolores punzantes y agudos atravesarme la cabeza de lado a lado, me producían un dolor tan intenso que me tensaba y la respiración se me cortaba, suponía que era por algo relacionado con el cambio de presión, pero joder, era una putada. Cuando fui a incorporarme noté algo pesado en mi hombro que me lo impedía. Giré la cabeza y me topé con la de Claudia apoyada en mi hombro, estaba dormida con la boca medio abierta, seguro que me estaba babeando.

—Eh, Katy Perry, despierta —dije sacudiendo el hombro como si quisiera espantar un bicho—. ¿Te importa babear en otro sitio?

Claudia se quejó adormilada, levantó la cabeza ligeramente sin moverla de mi hombro, como si no supiera muy bien dónde estaba, me escaneó mientras yo la miraba de reojo, hice una mueca al sentir otro pinchazo, joder como me dolía la cabeza. Se separó de mí y se adecentó el pelo.

—Perdona por la invasión —se disculpó.

Para entonces yo ya me había puesto rígida como un palo, mantuve el cuello lo más recto que pude y coloqué las manos encima de las piernas con los puños cerrados a la espera de que el avión descendiera lo suficiente como para que dejara de dolerme. Ignoré sus disculpas, solo podía pensar en mi intenso dolor y en el alivio que sentiría si alguien me cortara la cabeza en aquel momento.

—¿Estás bien? —preguntó confusa.

Asentí levemente evitando moverme en la medida de lo posible, me dolía demasiado.

Ya podía imaginarme lo que estaba pensando: *"seguro que a la cagueta esta le dan miedo las alturas..."* Pero me equivoqué, Claudia se giró hacia mí y sin pedirme permiso colocó una de sus manos en mi frente, la otra en la parte trasera de mi cabeza y comenzó a ejercer presión apretando cada vez más fuerte.

—No te muevas, esto te aliviará —susurró dejándome atónita.

El efecto fue inmediato, cuanto más me apretaba la cabeza de aquella extraña manera, más alivio sentía, no es que el dolor desapareciera del todo, pero sin duda no era tan intenso. Cerré los ojos mientras pensaba en lo agradable que era el contacto de sus manos sobre mi piel, las tenía calientes y me parecieron suaves, sentí una sensación extraña ante el contacto, era algo que no sabía cómo definir, pero me gustaba. Claudia se mantuvo en aquella posición hasta que de pronto debimos cruzar ese punto en el que la presión ya no me afectaba y me dejó de doler.

—Ya está —dije mirándola con cara de interrogante.

—A mi hermano también le pasa —contestó encogiéndose de hombros.

—Gracias, me ha aliviado mucho —contesté con sinceridad.

Ella asintió y se acomodó a la espera de aterrizar.

6. OH MY GOD

Cogimos un taxi y llegamos al que iba a ser nuestro apartamento durante esos días, era pequeñito pero acogedor. Todo muy básico, comedor cocina separado por una barra americana, a cada lado del comedor una habitación y al fondo el baño. Nos pusimos en contacto con nuestros compañeros y nos dijeron que ese día la niñata estaba en casa de unas amigas, que no nos preocupáramos, ya nos avisarían cuando nos necesitasen. Dedicamos la tarde a acomodarnos y salimos a hacer una buena compra que nos permitiera comer los diez días. Por la noche prácticamente no hablamos, cenamos por separado y me fui a dormir temprano.

Un ruido me despertó esa mañana, no tenía muy claro lo que era y me quedé medio agilipollada pensando, entonces lo escuché otra vez, parecía un golpe, me puse tensa y entorné los ojos a la vez que agudizaba el oído. Lo escuché de nuevo mientras intentaba adivinar lo que podía ser, pero estaba demasiado aletargada para adivinarlo en aquel momento y cada vez se repetía con más frecuencia. Me levanté sobresaltada, no estaba en mi puta casa y no encontraba la luz, tropecé con algo y me di de bruces contra el suelo para variar.

—Mierda —murmuré.

Miré a mi izquierda y poco a poco me adapté a la claridad que entraba por la ventana, me levanté y alcancé el interruptor de la luz. Los ruidos eran cada vez más rápidos y fuertes, ni siquiera me molesté en ponerme algo, salí de la habitación en bragas y me quedé quieta en medio del comedor, escuchando para ubicar los golpes, parecía que venían del otro lado de la estancia, el ruido provenía de la habitación de Claudia y me asusté.

Atravesé el comedor corriendo con la intención de entrar en su habitación para ver qué sucedía, pero justo cuando iba a hacerlo, el siguiente golpe que escuché lo hizo acompañado de un intenso gemido que me desconcertó por completo, me detuve en seco como si algo me sacudiera el cuerpo. Otro gemido, y otro, sin duda, lo que fuera que hacía le gustaba.

Di dos pasos atrás y me quedé con la boca abierta pensando. ¿Se estaba masturbando?

¿Había alguien más en la casa y yo no me había enterado? ¿Alguien se la estaba follando? Me concentré para ver si conseguía escuchar una segunda voz, pero era imposible, Claudia gemía alto y solo la escuchaba a ella. De pronto se pausó un par de segundos y acto seguido un grito satisfactorio escapó de su garganta como colofón final. Me quedé paralizada en la puerta con el corazón a punto de saltarme del pecho, escuchar sus gemidos me había acelerado de un modo que no comprendía. Mientras pensaba en eso, la puerta de su habitación se abrió de golpe y ella salió tropezándose conmigo completamente desnuda, pude notar como sus pechos endurecidos rozaban los míos provocándome un escalofrío. Fue una sensación muy extraña.

—¡Joder! —gritamos las dos a la vez.

Me miró con cara de satisfecha y sorprendida a la vez, me esquivó como si no fuera nada y se dirigió a la cocina en busca de algo. La seguí. En realidad, no mucho porque la cocina formaba parte del comedor.

—¿Hay alguien en tu habitación? —pregunté para asegurarme, porque si conseguía esos orgasmos masturbándose quería que me enseñara.

Se movió sonriente por detrás de la barra, hasta ese momento no me había fijado en lo cañón que estaba la mosquita muerta. Era más o menos igual de alta que yo y tenía unas curvas perfectamente definidas, se notaba a leguas que hacía deporte. No llevaba las gafas y eso me dejó ver unos preciosos y rasgados ojos marrones. Durante unos instantes tuve la sensación de que estudiaba mi cuerpo casi desnudo, incluso me pareció que se ruborizaba, pero de pronto cambió el semblante y bajó la mirada como si quisiera serenarse.

—¿Quieres follártelo? —preguntó alzando la vista para mirarme mientras se llenaba un vaso de zumo con sus pezones encañonándome.

—¿Qué? —pregunté aturdida con mi de Oh My God.

¿Follarme a quién? ¿De qué hablaba la diosa del sexo?

—Le he pagado un par de horas, aun sobra media, puedes follártelo si quieres.

Se me descolgó tanto la mandíbula que seguro que su puto vaso de zumo me cabía en la boca. ¿Había un gigoló en su habitación?

—No, gracias —atiné a decir.

—Como quieras —dijo encogiéndose de hombros.

Cogió su vaso de zumo y se metió de nuevo en la habitación dejándome con la boca abierta.

Me fui a mi habitación para vestirme, aunque dudaba entre hacerlo o tocarme, verla desnuda y el roce de sus pechos me habían revolucionado por completo. Descarté la idea, pensé que era mejor llamar a Lore de los Polvos, aunque al final me pareció demasiado desesperado y tampoco lo hice. Me duché, me vestí y esperé en el comedor hasta que ese tío salió de la habitación, me saludó con la cabeza y se despidió de Claudia. Al menos ella se había cubierto con una bata.

—¿Has metido un gigoló en casa? ¡¿Estás loca o qué?! —pregunté cabreada en cuanto el chico se marchó.

—¡No tengo por qué darte explicaciones! —me gritó.

No le faltaba razón, lo que hiciera con su cuerpo no era cosa mía, pero si colaba a un desconocido en la casa lo mínimo que podía hacer era avisarme, por aquello de no salir en pelotas y eso.

—¿Desde cuándo estaba aquí? —pregunté.

—Ya te he dicho que le he pagado un par de horas.

Eran las nueve, le iba el sexo matutino, apuntado.

—Mira, Claudia, ya sé que no...

—¡Déjalo, Lai! —gritó otra vez, dejándome con la palabra en la boca.

Joder que carácter.

Se metió en su habitación y no salió hasta la hora de comer. Yo me pasé la mañana viendo series en el comedor hasta que en algún momento me quedé dormida.

Algo que cayó encima de mí fue lo que me despertó, lo cogí con la mano y lo levanté soñolienta, por un momento me asusté pensando que eran los gallumbos de aquel tío, pero enseguida me di cuenta de que era un trapo de cocina.

—¿Te gusta la pasta? —oí cerca de mí.

Alcé la vista y vi a Claudia detrás de la barra, su pelo suelto azulado brillaba intensamente con la luz del sol que entraba por la ventana hasta el punto de que me quedé hipnotizada.

—¿Estás sorda? ¿Qué si te gusta la pasta?

Joder, qué desagradable era cuando se lo proponía, con ese carácter no me sorprendía que tuviese que pagar por compañía, era bastante insoportable.

—Sí —contesté incorporándome.

Entonces me fijé en que llevaba un delantal puesto y estaba cocinando. Se desenvolvía con soltura, como si estuviera acostumbrada. Alcé las cejas sorprendida, pero no hice ningún comentario, era tan impredecible que me daba miedo que me lanzara un vaso o me diera un sartenazo.

—He hecho raviolis, siéntate anda —dijo señalando un taburete en la barra.

Se sentó frente a mí después de ponerme un plato a rebosar delante. Tenía una pinta deliciosa y olía aún mejor, pero no tenía claro que pudiera acabarme todo aquello. Me levanté a por agua y le pregunté qué quería ella, durante nuestra compra se agenció varias botellas de vino y no sabía si lo querría para comer.

—Agua, por favor —contestó.

—*Agua, por favor* —repetí burlándome a su espalda sin que me oyera.

Me entraban ganas de tirarle la jarra por encima, la gente con esos cambios de humor me desquiciaba.

Terminamos de comer y se metió en su habitación de nuevo, yo recogí la cocina, era lo menos que podía hacer después de que ella hubiera preparado la comida. Cuando terminé me abrí una cerveza fresca y me tumbé en el sofá después de prepararlo todo para mi momento épico semanal, ya tenía disponible el nuevo capítulo de Juego de tronos y había llegado la hora de ponerlo. En cuanto le di al play y empezó aquella banda sonora que me ponía la piel de gallina, Claudia salió de su habitación como un huracán y se plantó de pie frente a la pantalla.

—¡Quieres apartarte, joder! —le grité.

—¿Es el capítulo de esta semana? —preguntó con los ojos muy abiertos.

—Sí, joder —contesté de mal humor mientras hacía aspavientos con la mano para que se apartara.

Sin decir nada, Claudia abrió la nevera, se sirvió una copa de vino y me pidió sitio en el sofá. Estaba tan cerca de mí que podía notar el calor que desprendía su cuerpo, su pelo olía a lavanda y su brazo desnudo rozó ligeramente el mío mientras se acomodaba, sentí como un agradable escalofrío recorría mi espina dorsal y mi respiración se aceleró sin consultarme. Durante unos instantes me asusté ante la reacción de mi propio cuerpo, pero conseguí olvidarla concentrándome en el capítulo. Vimos la serie juntas comentando todos los detalles, incluso después de que acabara continuamos hablando durante más de una hora de los personajes y de temporadas anteriores.

Claudia parecía otra en aquel momento, aquel ser desagradable había sido engullido por otro completamente diferente, estaba relajada, cómoda, como si jugara en su terreno, hablaba alegremente e incluso había momentos en los que se emocionaba, entonces su móvil sonó y de pronto volvimos a la tensión habitual que parecía que había entre nosotras.

La llamada era de nuestros compañeros, nos avisaron de que la niñata salía de fiesta esa noche, así que nos preparamos y nos dirigimos al local que nos dijeron.

7. ES MI NOVIA

Claudia no parecía muy cómoda mientras hacíamos cola para entrar, que bien me lo iba a pasar viendo cómo se desenvolvía cuando le entraran, porque estaba claro que le iban a entrar.

El local era solo para chicas y no era muy grande, había una barra al fondo y otra a la izquierda de la pequeña pista, tras un buen rato mirando después de haber memorizado una fotografía de la criatura en cuestión, la localizamos, estaba en medio de la pista bailando con un par de amigas y un cubata en la mano. No iba a resultar difícil tenerla controlada en aquel sitio. Claudia se colocó en la barra lateral y yo en la del fondo, así era como íbamos a pasar toda la noche hasta que la niñata se largara y pasara a ser problema de nuestros compañeros. Según nos había dicho Toni, ella no tenía constancia de nuestra presencia para que no se sintiera observada.

La niñata era mona, así que enseguida se acercaron otras chicas al grupito de tres y empezaron nuestros problemas, Sandra, que así se llamaba, empezó a bailar cariñosamente con una de sus acompañantes mientras otra sacaba una fotito de grupo.

«*Mierda*» pensé cuando vi el flash.

Esa era la típica foto que al día siguiente acababa colgada en Facebook y el resto de infinitas redes sociales nuevas que yo no tenía ni idea de cómo funcionaban. Le escribí un mensaje a Marcos con la descripción de la fotógrafa del grupo, ellos ya se encargarían de descubrir quién era y hackearle el teléfono y las redes sociales si era necesario.

—¿Una copa? —escuché a mi derecha mientras leía la contestación de Marcos.

"Poneos de acuerdo entre vosotras y que solo una de las dos nos envíe la info"

Miré a Claudia y la vi guardar su móvil mientras me observaba de reojo, ya me ocuparía después de hablar con ella, en ese momento tenía otro problema que requería mi atención inmediata. Me giré y vi a una chica bastante mona.

«*Joder, qué mierda*» pensé frustrada. Si la situación fuese otra, tenía claro que actuaría de un modo muy diferente al que me vi obligada.

—Lo siento, estoy con alguien —dije con gesto amable.

Me hubiese encantado aceptar aquella invitación, pero para mi desgracia estaba trabajando.

—Yo te veo sola —afirmó alzando las cejas.

Qué chica tan observadora, joder.

—¿Ves a aquella morena que hay en la otra barra? —le pregunté señalando a Claudia sin que ella me viera.

La chica asintió.

—Es mi novia, solo que ella todavía no lo sabe —grité por encima de la música.

La chica me sonrió.

—Buena suerte entonces —dijo antes de irse.

—Gracias.

Pasaron un par de horas en las que nuestra niñata fue engullendo cubatas mientras Claudia se ponía de todos los colores cada vez que se le acercaba una chica. Hubiera pagado mi sueldo entero por saber qué les decía para quitárselas de encima. También la pillé mirándome con disimulo en un par de ocasiones, la verdad es que Claudia me desconcertaba, la mayor parte del tiempo sentía que me odiaba, pero existían esos pequeños momentos en los que tenía la sensación de que le gustaba, o al menos eso era lo que me parecía a mí.

En ese momento ella estaba hablando con una chica, ya llevaba rato y parecía cada vez más incómoda, en cambio, yo, me lo estaba pasando en grande viendo cómo enrojecía hasta la raíz del pelo en varias ocasiones. *«Que se joda por borde»* pensaba, pero todo el tiempo que pasaba intentando quitarse a su conquistadora de encima era tiempo que estaba sin prestarle atención a nuestra niñata, y eso entorpecía nuestro trabajo, o eso era lo que yo me decía a mí misma para sacarme de la cabeza la idea de que en el fondo empezaba a molestarme que aquella chica insistiera tanto, así que decidí acercarme.

Me dirigí directamente hacia ella sin parar de echar vistazos a nuestro principal objetivo llamado Sandra, me interpuse entre Claudia y su acosadora, la cogí de la mano y me la llevé sin más, como si fuera mía y yo estuviera reclamando su espacio. Sentí un extraño hormigueo cuando noté como ella apretó mi mano y la acarició con su pulgar durante unos segundos, eché un vistazo hacia atrás por instinto y Claudia bajó la mirada. Ignoré mis sensaciones sin saber muy bien como ubicarlas y seguí andando, ella me siguió sin quejarse y nos detuvimos junto a mi barra.

—Marcos dice que nos pongamos de acuerdo con los mensajes —le grité.

—Sí, también me lo ha dicho —me contestó—. ¿Una vez cada una? —negoció refiriéndose a los mensajes informativos.

—Vale.

—Gracias por quitármela de encima, Lai —me gritó en toda la oreja—. ¿Cómo lo haces?

—¿El qué? —pregunté sin entender mientras me zumbaba el oído.

—Quitártelas de encima tan rápido.

Se me escapó la risa al ver su gesto agónico, realmente lo estaba pasando mal con tanta acosadora y en un ataque de bondad decidí revelarle mi secreto.

—Fácil, les digo que eres mi novia —confesé encogiéndome de hombros.

—Joder, claro, qué gilipollas —se dijo a sí misma al ver que ella podía haber hecho lo mismo desde el principio.

Entonces vimos que había algo de alboroto en la pista, resultó que mientras nosotras hablábamos de estrategia anti-mujeres, nuestra niñata parecía que se estaba metiendo en líos, discutía con otra chica y la cosa comenzaba a ponerse fea. Las dos nos acercamos disimuladamente y nos colocamos justo detrás haciendo ver que bailábamos, entonces oímos cómo la otra chica le gritaba que faltaba dinero, que el gramo de coca que le había pasado costaba sesenta euros y allí solo había cuarenta.

Claudia y yo nos miramos con asombro, ¿de verdad estaba la niña de los cojones pillando coca?

Sandra le gritó a la otra chica que no era su problema, que hubiera perdido el otro billete, y tras eso vino el primer empujón. Claudia paró la caída de Sandra y yo cogí a la otra chica para separarla sabiendo que en cuestión de segundos intentaría partirme la cara a mí también.

—¿Cuánto te debe? —le grité antes de que intentara pegarme.

La chica me miró desafiante, le mantuve la mirada y alcé las cejas para advertirle de que ni se le ocurriera intentarlo.

—Veinte —contestó cabreada.

—Toma, cincuenta y no vuelvas a acercarte a ella —dije poniéndole el billete en la mano.

Cuando vio el billete me dedicó una mirada de tú eres gilipollas y se marchó con una amplia sonrisa. Caminé tras ella unos segundos como si nos fuéramos juntas y después volví a la barra con Claudia.

—Joder, con la niñata —comentó de mal humor.

Sí, joder con la niñata.

Sandra empezó a moverse en dirección a la puerta, parecía que ya se iban, así que avisamos a Marcos de que salían y esperamos dentro a que nos dijeran si iban a otro local o seguían la fiesta en casa.

—¿Te apetece un chupito mientras esperamos? Nos lo hemos ganado —afirmó Claudia.

Asentí convencida y pidió dos tequilas.

—Sí que vas fuerte —comenté sorprendida.

Claudia me dedicó una mirada que me puso muy nerviosa y alzó el vaso para brindar, después lamimos la sal y nos lo bebimos de un trago antes de morder el limón.

Joder, me encantaba el tequila, no solía pedirlo porque si lo mezclaba con otras bebidas me subía bastante, pero no habíamos bebido nada más que cervezas sin alcohol. Mientras lo saboreaba llegó la contestación de Marcos: *"sois libres, Sandra sigue la fiesta en casa de una amiga, nosotros nos ocupamos"*

—Menos mal —dijo Claudia aliviada al leerlo—, ¿nos vamos?

—Sí —contesté sonriendo al ver lo incómoda que se sentía.

Como Toni había alquilado nuestro apartamento cerca de la zona de ambiente, decidimos irnos caminando para que nos diera el aire.

—¿Puedo preguntarte algo? —le dije aprovechando que parecía tranquila.

—Dime —contestó con curiosidad.

—¿Por qué pagas por sexo?

Ese era un tema que llevaba desquiciándome todo el día, por más vueltas que le daba no lograba comprenderlo.

—¿Te parece mal? —preguntó dedicándome una mirada fugaz.

—No, no me parece mal, es solo que no entiendo que alguien como tú pague por follar, sinceramente.

Claudia sonrió y alzó una ceja interrogativa.

—Bueno, mírate, Claudia —dije señalándola—, eres una mujer preciosa, capaz de tener a cualquiera sin necesidad de pagar.

Me miró con los ojos muy abiertos y esbozó una sonrisa de satisfacción que además de gustarme, me hizo sentir como una idiota, ¿de verdad le acababa de confesar lo atractiva que me parecía al jodido ogro que caminaba a mi lado?

—Puto tequila —murmuré.

Entonces sonrió de nuevo y me miró como si yo fuera gilipollas. Y estaba claro que lo era, era gilipollas e inocente a partes iguales.

—¡Joder! ¡Serás perra! No le has pagado —afirmé—, ese tío no estaba allí por dinero, ¿verdad?

—Pues claro que no —contestó riendo mientras yo notaba como me hervía la sangre—, es un amigo, vive aquí desde hace un par de años y cuando supe que veníamos lo llamé.

—¿Y por qué coño no me lo has dicho? —pregunté endemoniada.

—Quería ver la cara que ponías —afirmó muriéndose de la risa.

Tenía ganas de estrangularla, si lo llego a saber dejo que su acosadora la hiciese sufrir durante más rato.

—¿Y si te hubiera dicho que sí? ¿Qué quería follármelo? —pregunté aturdida.

—No creo que le hubiese importado —

dijo guiñándome un ojo y acelerando el paso mientras yo me quedaba atrás con la cara de lerda.

Qué guantazo tenía la pedorra, al parecer además de borde y gilipollas también era una graciosilla. Joder como echaba de menos a mis Lores.

8. LORE DE LAS HOSTIAS

Al día siguiente me desperté casi a las tres de la tarde, a ciertas edades eso de trasnochar empezaba a pasar factura. Salí en bragas y camiseta y me dirigí a la cocina. Encontré una tortilla de patatas a la que le faltaba un buen trozo que me hizo salivar de la buena pinta que tenía, me corté otro igual de grande y me lo zampé allí de pie. Todavía estaba caliente.

—Qué buena —me dije a mí misma.

Me tumbé en el sofá y encendí la tele, descubriendo con agobio que no daban nada interesante. Volví a pararla y me quedé un rato con la mente en blanco hasta que Claudia salió del baño y cruzó el comedor en bragas mientras se secaba el pelo con una toalla. Mi cuerpo reaccionó ante su desnudez de un modo que me sorprendió y al que no estaba acostumbrada, no es que quisiera follármela, que también, pero en aquel momento, además de la evidente atracción física que sentía hacia ella, me di cuenta de que había algo más en Claudia que me turbaba la mente y no me dejaba pensar.

—Buenos días —saludó al verme.

—Hola —contesté aturdida.

Se metió en su habitación para vestirse y cuando salió se dirigió a la nevera y sacó una botella de vino.

—¿Quieres? —preguntó señalando las copas.

—No me gusta el vino —confesé ante su cara de asombro.

Se sirvió una copa y se sentó al otro lado de la barra, de forma que quedábamos de frente.

—¿Quién es Lore de los Polvos? —preguntó de pronto.

El corazón me dio un vuelco y me senté de un salto. Abrí la boca para responderle, pero me ahogué con mi propio aire sin saber qué decir. ¿Cómo sabía ella quien era Lore de los Polvos? Bueno, estaba claro que no lo sabía si me lo estaba preguntando, pero ¿de dónde había sacado su nombre? Claudia sonrió ante mi cara de incertidumbre.

—Perdona, es que anoche dejaste el móvil encima de la mesa y esta mañana ha sonado, he ignorado la llamada, pero al momento ha vuelto a sonar, he pensado que quizá era algo importante y cuando he ido a cogerlo he visto que era Lore de los Polvos—comentó con una sonrisa.

—¿Has hablado con ella? —pregunté nerviosa después de aclararme un poco la garganta.

—No, ha colgado rápido la segunda vez.

Inspiré una gran bocanada de aire y justo cuando iba a hablar ella volvió a interrumpirme.

—Lo siento, Lai, no es asunto mío, perdona.

—No, tranquila —no sabía por qué, pero quería aclarárselo—. Lore de los Polvos es, eso, Lore de los Polvos, una amiga—contesté sin darle mayor importancia.

—¿Te gustan las mujeres? —preguntó sorprendida.

—Sí.

—¿Por qué no me lo has dicho? —preguntó con un tono un poco acusatorio que no me gustó ni un pelo.

—Porque mi inclinación sexual es cosa mía, no creo que tenga que ir por ahí dándole explicaciones a nadie —contesté un poco tensa.

—Pero ayer estabas ahí, casi desnuda —me acusó.

No sabía muy bien a dónde quería llegar con sus palabras, pero me sentí ofendida.

—Tú estabas más desnuda que yo y no te dije nada, ¿qué pasa que te sientes violada?

¿Crees que en cuanto veo una mujer desnuda pierdo el culo por follármela o qué? —pregunté de mal humor.

—Yo no he dicho eso, Lai, es solo que... —apoyó las manos en la barra y agachó la cabeza como si buscara palabras por debajo de su puto pelo azulado—, da igual, déjalo, perdona si te he ofendido.

De nuevo puso rumbo a su habitación, cerró la puerta al entrar y no salió en toda la tarde. Sabía que se sentía incómoda, lo estaba cuando estuvimos en aquel local y lo estaba ahora que sabía que yo también era lesbiana. Me molestó su reacción, esa sensación de incomodidad que demostraba me molestaba, pero sobre todo me molestaba porque, aunque me jodiera reconocerlo, estaba empezando a sentir algo diferente por ella, no sabía muy bien que era y eso me cabreaba, lo último que me faltaba después de lo de Vero era pillarme por una homófoba de mierda.

Yo también me encerré en mi cuarto y decidí que era un buen momento para llamar a mi Lore, no a la de los polvos, a Lore de las Hostias, me contestó en la primera llamada.

—Joder, qué rápida —dije.

—Estaba a punto de llamarte, cariño, ¿cómo va por la capital?

—Pfff, va —contesté asqueada.

—¿Pfff? ¿Qué coño es pfff, Lai? —preguntó como si le hubiese enfadado mi respuesta.

—Nada, Lore, va normal y punto.

—De punto nada que nos conocemos, a ti te pasa algo y vas a contármelo ahora mismo… ¡Habla, Lai o cuando vuelvas te meto un hostión que no vas a querer dos! —me amenazó.

Sabía que hablaba en serio, que no iba a parar hasta que le contara lo que fuera que me pasaba, así que decidí hacerlo y reconozco que sentí un alivio inmenso al hacerlo, toda la situación con Claudia me tenía en un desconcierto constante que me resultaba cada vez más difícil de gestionar.

—¡Será puta! —gritó enfadada.

La imaginé al otro lado del teléfono y no pude evitar reír, los ojos se le hacían más grandes cuando se enfadaba, a veces tenía la sensación de que le iban a saltar de la cara como dos muelles.

—Cuando volváis aquí le explicaré yo cuatro cositas a la recatada esa.

—Déjalo, Lore, solo me he cabreado un poco, pero ya está, además pienso vengarme esta noche —afirmé convencida mientras una sonrisa traviesa se dibujaba en mis labios.

—Esa es mi niña —susurró con orgullo—, ¿qué vas a hacer?

—Nada, no te preocupes, te dejo, Lore —dije al escuchar que me entraba un mensaje.

—Laaai… —me advirtió con tono preocupado.

—Tranquila, me portaré bien.

Me despedí de mi Lore sintiéndome mucho mejor, desahogarme con ella me había sentado bien. Entonces leí el mensaje, era Marcos diciendo que la niñata de los cojones salía otra vez, lo cual era necesario para mi venganza, así que me pareció perfecto. Claudia llamó a la puerta de mi habitación y tras unos segundos en los que no le contesté, abrió con cuidado mientras yo la observaba sentada a los pies de la cama.

—¿Has leído el mensaje? —preguntó con un tono pacífico que me desconcertó.

Alcé el móvil para indicarle que sí y no le contesté. Cenamos en silencio y en cuanto Marcos nos dijo que ya se dirigían al local, hicimos lo mismo.

9. LA VENGANZA

Entramos en el mismo local que el día anterior y otra vez volvimos a ocupar una barra cada una mientras la dulce Sandra bailoteaba como si estuviera en celo. Claudia se sacó de encima rápido a sus acosadoras, por lo que deduje que estaba utilizando mi técnica, decir que yo era su novia, pero yo iba a encargarme de que lo pasara un poco mal esa noche. En las casi dos horas que llevábamos allí no me miró ni una sola vez, no sabía si porque se sentía avergonzada o porque tenía otros motivos, pero ya me daba igual, había llegado el momento de vengarme. A la vez que vigilaba a Sandra iba echando un vistazo a todas las chicas que venían a mi barra, hasta que encontré a la que era perfecta para ejecutar mi plan.

La chica era del montón, pero llevaba rato mirando con ojos depredadores en todas direcciones, estaba claro que pasaba hambre y yo iba a ayudarla a pillar cacho.

Claudia tenía sus ojos clavados en Sandra, así que aproveché eso y la gran cantidad de chicas que había para acercarme a la depredadora.

—¿Ves a la morena de la barra? —le grité al oído.

—¿A aquel bombón? —preguntó con mirada tórrida señalando a Claudia.

Joder mi plan iba sobre ruedas.

—Sí —le grité de nuevo—, es amiga mía, ¿sabes? Hace poco que ha salido del armario y está un poco cohibida, lleva toda la noche mirándote, pero creo que le da cosa decirte algo.

—Eso tiene solución —dijo guiñándome un ojo que me puso los pelos de punta.

Sí, ya lo creo que la tenía, y yo iba a disfrutar viéndola.

—Oye, otra cosa. Antes de entrar le he dicho que estaba segura de que hoy no saldría de aquí sin que alguna le tocara el culo, no me gustaría quedar mal, ¿te importaría?

—Será un placer —afirmó recreando la escena en su mente.

Joder, había dado con una auténtica salida.

—Ah, y si te dice que soy su novia no le hagas ni puto caso, lo hace porque le da vergüenza hablar con chicas y se refugia en mí. ¡Y sobre todo no le digas que te lo he dicho yo o me matará! —le berreé cuando se iba en su busca.

Se giró y me hizo un gesto sobre sus labios como si cerrara una cremallera. En ese momento me dio un poco de repelús, pero volví a mi barra y me centré en Sandra sin dejar de echar un vistazo de vez en cuando hacia mi compañera. La pervertida empezó a hablar con Claudia, al principio respetaba la distancia, pero poco a poco la iba arrinconando contra la barra, mis ojos galopaban entre Sandra y ella como si estuviera en un partido de tenis.

Empecé a ver cómo Claudia señalaba en mi dirección una y otra vez y tuve que morderme la lengua para evitar que se me escapara la risa. La pervertida la ignoraba y seguía alargando la agonía de Claudia hasta que de pronto ¡Zas! Estampó sus dos manos en el culo de Claudia y se lo agarró entero, llegando incluso a levantarla ligeramente del suelo.

A Claudia se le descompuso la cara y se escabulló de ella en un movimiento tan rápido que casi no pude verlo, estaba centrada en nuestra niñata que llevaba toda la noche comportándose sorprendentemente bien. Cuando volví a mirar, Claudia estaba cruzando la pista en mi dirección y la pervertida la seguía, llegó hasta mí mientras yo sonreía satisfecha por el mal rato que la estaba haciendo pasar, me cogió por la cintura casi por sorpresa y se pegó a mí para hablarme al oído. Un exquisito hormigueo se apoderó de mis entrañas al notar como sus manos se colocaban en mi cintura y su cara rozaba ligeramente la mía, su dulce olor me nubló la vista durante un momento, noté su cálido aliento acariciando mi oreja y pude sentir la desesperación en su cuerpo.

—Tienes que ayudarme por favor, no puedo quitármela de encima, le he dicho que eres mi novia, pero no se lo cree —me suplicó alarmada—, creo que está loca, Lai.

Habló tan rápido que me costó entenderla, pero la vi tan angustiada que me sentí mal y decidí dar por zanjada mi venganza. La miré seria, como si todavía estuviera enfadada, y entonces noté algo distinto en su mirada, en aquel momento me pareció jodidamente transparente, dulce y sincera. Pero lo peor de todo es que había deseo en sus ojos, el mismo deseo que yo sentí cuando me tocó. ¿Qué coño me pasaba? ¿Estaba alucinando? ¿En qué me basaba para pensar que Claudia se sentía atraída por mí? ¿En cuatro gestos ridículos hechos por una persona con un comportamiento desconcertante? Suspiré hondo y de nuevo alejé todos esos pensamientos de mí en un intento absurdo de necesidad de que todo eso no fuera real.

—Está bien, espera aquí —ordené dejándola junto a la barra y dirigiéndome a la pervertida que esperaba detrás con ojos hambrientos.

—Lo siento, creo que aún no está preparada,

¿te importa dejarlo para más adelante? —le pedí amablemente.

—Soy paciente —contestó guiñándome un ojo antes de irse en busca de una nueva presa.

Debo confesar que realmente daba mal rollo la muchacha, suerte que en unos días las dos volveríamos a Barcelona y no la volveríamos a ver más.

—¡Joder, me ha tocado el culo! —se quejó indignada.

—Lo he visto —puntualicé sin desviar la mirada de Sandra—, ¿te ha gustado? —pregunté como si fuese algo normal para ella.

—¡No, claro que no! Tú no has visto cómo me miraba, Lai, creo que se estaba haciendo pajas mentales—contestó todavía más indignada.

Me fue imposible evitar que se me escapara la risa.

—¡A mí no me hace gracia! —bufó enfadada.

Ya bueno, esa era la gracia, que a ella no le hiciera gracia.

—¿Qué le has dicho para que se fuera tan rápido? —preguntó intrigada.

—Que aún no estabas preparada, que te diera un poco más de tiempo, ya sabes.

—¿Qué? ¿De qué vas? —preguntó de mal humor, golpeándome el hombro para que la mirara.

—No, ¿de qué vas tú, Claudia? —pregunté molesta—, ahora que te sientes intimidada acudes a mí, en cambio, en el apartamento soy una acosadora que se desnuda para provocarte, ¿no?

—¡Joder, me la has enviado tú, ¿no?! ¡Serás cabrona! —bramó contestándose a sí misma.

—Jódete, Claudia, estamos en paz —contesté girándome para observar a Sandra, pero Sandra no estaba—, ¿dónde coño está la niñata? —pregunté nerviosa.

—¡Mierda! —exclamó—, esto es culpa tuya, Lai, si no hicieras gilipolleces no la habríamos perdido.

Decidí morderme la lengua e ignorarla, aunque en el fondo era consciente de que si nosotras no estuviéramos enfrascadas en esa lucha absurda y tensa, no la habríamos perdido. Empezamos a buscarla de forma desesperada, primero miramos por la pista y después en los baños, pero no había ni rastro. Decidimos avisar a Marcos de nuestra torpeza, pero nuestro compañero se nos adelantó con un mensaje.

"¿Qué coño hacéis? Sandra ha salido, se ha metido en el local de al lado"

Salimos corriendo a la calle, encontramos a nuestros compañeros mirándonos de forma dura y las dos agachamos la cabeza al pasar por su lado, avergonzadas de nuestro comportamiento absurdo e irresponsable. Entramos en el local contiguo y nos costó casi un cuarto de hora dar con ella, pese a que ese garito era aún más pequeño que el anterior. Estaba en la única barra que había, así que nosotras nos apoyamos en una columna sin dirigirnos la palabra. Esa noche la niñata se quedó hasta que cerraron el local, por lo que llegamos al apartamento a las siete de la mañana completamente agotadas. Decidí compensar esas horas de insomnio levantándome a las siete de la tarde.

Atravesé el comedor y me dirigí directamente a la ducha, salí envuelta en la toalla y abrí la nevera mientras Claudia leía un libro en el sofá con sus gafas puestas. Mis tripas rugieron con fuerza cuando vi que quedaba un trozo de tortilla del día anterior.

—¿Te lo vas a comer? —le pregunté.

—Ya he comido —contestó sin mirarme.

¿En serio todos los días con ella iban a ser así? Lo cogí y me lo zampé de camino a mi habitación. Cerré la puerta y entonces me acordé de que no le había devuelto la llamada a Lore de los Polvos.

—Mierda —susurré para mí mientras cogía el móvil.

Me tumbé en la cama desnuda y la llamé.

—Ya era hora —contestó enfadada.

—Lo siento, Lore, no he podido llamar antes.

—Está bien —concedió—, ¿ahora puedes hablar? ¿Dónde estás? —quiso saber.

—Sí que puedo, estoy tirada en la cama —contesté.

—¿Desnuda?

Sentí un hormigueo intenso entre las piernas cuando me di cuenta de por dónde iba Lore.

—Sí —susurré.

—¿Estás húmeda? —preguntó con una voz tremendamente sensual.

—Creo que sí —contesté turbada.

Lore me estaba poniendo muy nerviosa, nunca había hecho algo así por teléfono y me sentía tan perdida como incómoda al saber que Claudia estaba fuera.

—¿Crees? Joder, Lai, quiero que te toques y me lo confirmes.

Su tono autoritario acabó de encenderme del todo. Con cierta timidez, pasé un par de dedos entre mis piernas y los ojos se me abrieron mucho, confirmado, un diluvio entre mis piernas.

—Lo estoy —susurré sintiendo cómo la boca se me secaba.

—Bien, ahora vas a hacer todo lo que yo te diga.

Supe por su tono de voz y el ritmo de su respiración que Lore también se estaba tocando, imaginármela me volvió loca de deseo y cerré los ojos y me dejé llevar, joder como me gustaba follar con Lore.

Hice todo lo que me pidió y ahogué mis

gemidos contra la almohada por miedo a que Claudia me oyera. Después se corrió ella y estuvimos hablando un buen rato. La puse al día de todo lo que me había sucedido con mi nueva compañera, incluyendo algunas de las extrañas sensaciones que percibía a su lado y que no sabía definir. Cuando terminé de contárselo todo, Lore suspiró y guardó silencio unos segundos que me pusieron muy nerviosa.

—No te quedes callada, Lore, dime algo —supliqué nerviosa.

—¿No te has parado a pensar que a lo mejor se comporta así porque le gustas, Lai? —sugirió dejándome con la boca abierta.

—¿Qué dices, Lore? A ella le van los tíos, te acabo de contar que el otro día se folló a uno aquí mismo, ¿es que no me has oído?

—Eso no tiene nada que ver, nena, tú acabas de follar conmigo ahora y las dos sabemos que sientes algo por ella.

Sus palabras se me atragantaron y me aplastaron el tórax dejándome muda. Una cosa era que yo sospechara algo sobre lo que me pasaba con ella y otra que Lore pensara lo mismo.

—Laai...

—¿Qué? —contesté con un nudo en la garganta.

—Que eso no es malo, nena, sentir algo por otra persona es una de las cosas más bonitas que te puede pasar. Lo que te ocurrió con Vero fue una putada, pero no el fin del mundo, que comiences a sentir algo por Claudia, significa que estás pasando página, y no sabes cuánto me alegro.

—Yo no quiero sentir nada, Lore, y menos por ella, no sabes lo desagradable que es.

—Lo siento, nena, pero eso no se escoge, creo que deberías hablar con ella y aclararlo, si estoy equivocada siempre podrás seguir follando conmigo —bromeó.

—¡Joder, Lore! —me quejé.

—Hazme caso, Lai, no pierdes nada por preguntárselo.

—Claudia es muy rara, Lore, a veces me mira como si algo en mí le gustara y otras como si me odiara.

—Tal vez se sienta perdida, por lo que dices es muy probable que nunca haya estado con una mujer y ahora no tenga las ideas muy claras, ya sabes lo mal que se pasa al principio, todas hemos pasado por eso y es una mierda, intenta no ser muy dura con ella, anda.

Encima, ahora resulta que la víctima era ella.

—Espera —dije al oír que Claudia llamaba a mi puerta—, ¡estoy desnuda! —le grité.

A mí me daba igual que me viera, pero si tanto la incomodaba era una forma de que no entrara. Abrió la puerta igualmente, me miró fijamente durante unos segundos sin decir nada, como si estudiara mi cuerpo mientras yo sujetaba el teléfono y me excitaba tremendamente ante su mirada profunda. De pronto ya no me daba igual que me viera desnuda, el corazón se me aceleró tremendamente y tuve miedo de que notara lo rápido que respiraba.

—La niñata sale otra vez, deberías vestirte, prepararé algo para cenar —comentó mirándome de un modo que me desconcertó. ¿Era deseo lo que percibí en sus ojos?

Salió y cerró la puerta.

—¿Era ella? —preguntó Lore desde el otro lado del teléfono.

—Sí —contesté con la mirada clavada en la puerta que aquella preciosa mujer acababa de cerrar.

—Tiene una voz bonita, y dulce —apuntó Lore.

—Sí, la tiene.

—Tengo que dejarte, Lai, no seas gilipollas y ve a por ella, ya me contarás.

Salí de la habitación con la toalla y volví a darme una ducha, no sabía por qué, pero de repente me sentía sucia.

—¿Te ayudo? —pregunté acercándome a la barra de la cocina después de haberme vestido.

—No hace falta, voy a hacer un sobre de pasta precocinada.

Asentí sin decir nada, preparé los cubiertos

y me senté en uno de los taburetes.

—¿Era Lore de los Polvos? —preguntó de un modo que no me dejaba claro si le molestaba que lo fuera o si me estaba exigiendo una explicación.

—Sí, y me ha echado un polvo telefónico si es lo que quieres saber —contesté mordaz.

Su expresión cambió por completo, pasó de una mirada prepotente y desafiante a una mirada triste y desalentada que me desconcertó por completo.

—Hubiera preferido no saberlo, la verdad— confesó en voz baja mientras echaba la pasta en la olla y centraba su mirada lejos de mí.

Me arrepentí al instante de lo que había salido por mi boca, no solo por su expresión corporal, sino porque su tono de voz me indicó que mis palabras no le habían sido indiferentes, tuve la sensación de que le habían dolido, y hacerle daño estaba muy lejos de lo que yo pretendía cuando hablé, supongo que solo quería cabrearla, o tal vez darle celos, ni siquiera yo lo sabía, pero desde luego no quería hacerle daño.

—Perdona, Claudia, eso ha estado de más, lo siento mucho.

—Tranquila, somos adultas, ¿no? Yo follé el otro día y tú has follado hoy, las dos satisfechas.

Zas, eso me dolió a mí, el día que lo hizo no me molestó, pero recordarla ahora en brazos de otro me jodía mucho. Me lo tenía merecido por gilipollas.

10. ME LO MERECÍA

Ya no nos hablamos más en toda la cena, cuando acabamos recogimos y nos fuimos andando al primer local, eso de que hubiera locales que abrían todos los días de la semana me estaba pasando factura, estaba hecha polvo.

Se repitió la misma escena, lo cierto es que comenzaba a resultarme muy cansina la situación, la niñata bailaba y Claudia y yo tomábamos posiciones en nuestras respectivas barras. Así hasta que la fiestera de Sandra decidió irse pronto, avisamos a Marcos y Claudia vino a mi barra a esperar a que nos dijeran a dónde iba la niña esa vez. La respuesta la recibió Claudia y me enseñó el móvil: *"Se va a casa, sois libres, cosa nuestra"*

Arqueé las cejas sorprendida y Claudia pidió dos chupitos de tequila sin preguntarme.

—Supongo que la resaca le está pasando factura —comentó Claudia para romper el hielo después de que nos bebiéramos los chupitos.

—A esa edad las resacas duran pocas horas —argumenté arrancándole una sonrisa.

Me quedé embobada mirando cómo sonreía, creo que hasta entonces no lo había hecho y le salían unos hoyuelos muy sexys en las mejillas. Me pedí un Gin-tonic y ella me imitó.

—Joder, que viene —susurró pegándose a mí para esconderse.

—¿Quién? —pregunté desconcertada mientras miraba a un lado y a otro.

—¡La tocaculos! —me contestó al oído.

—Mierda —bufé arrepentida de haber propiciado aquella situación.

Me giré y la vi dedicándome una extraña mirada, era como si esperara que me apartara para dejarle vía libre con Claudia, y desde luego yo no estaba dispuesta a hacerlo, ya no, aquello lo había provocado yo y yo tenía que solucionarlo. Le di un trago largo a mi vaso, le dije a Claudia que se esperara junto a la barra y me acerqué a ella.

—¿Hoy está más dispuesta? —preguntó con mirada perversa.

Me entraron ganas de abofetearme yo sola, de todas las tías normales que había en el local aquella noche, yo fui a elegir a la única que estaba pirada.

—Lo siento, pero está conmigo —dije

firmemente—, perdona, estaba cabreada con ella y quise gastarle una broma, no pensé que te lo tomarías tan en serio.

Se me quedó mirando sin decir nada, no la vi venir, o sí, no estaba muy segura, pero me merecía lo que iba a hacerme y creo que por eso no me defendí. Me soltó un revés, debió de calcular mal porque no me pilló de pleno, pero noté como sus nudillos impactaban secamente contra mi pómulo hasta hacerme perder el equilibrio, alguien me sostuvo por detrás y cuando fue a darme el segundo, Claudia le cogió la muñeca y se la retorció hasta hacerla hincar la rodilla en el suelo, después se agachó y le dijo algo al oído, la pervertida me dedicó una mirada de odio y después se marchó. Todo eso lo veía mientras me zumbaba toda la cabeza y me palpitaba el corazón en la mejilla, me recordó mucho a la vez que Lore de las Hostias me arreó aquel hostión, solo que este no me dolía tanto, no fue tan fuerte.

—Joder, Lai, ¿qué coño le has dicho para cabrearla tanto? —preguntó Claudia recogiéndome de los brazos de la chica que me había sostenido, me llevó hasta la barra y me apoyé con una leve sensación de mareo.

La camarera le pasó un trapo con hielo a Claudia y ella me lo puso en la cara con cuidado, cogí mi vaso y me bebí lo que quedaba de un trago.

—La verdad, Claudia, jugué con ella para

meterme contigo, así que me merezco el guantazo.

—Nadie se merece que le peguen, Lai —sentenció de forma amable, enternecida por mis gilipolleces.

—Yo sí, por mi culpa ella te tocó el culo y yo no —dije aturdida por el golpe.

Claudia me miró fijamente con la sonrisa medio dibujada en su cara.

—¿Lo he dicho en voz alta? —pregunté notando como el rubor se apoderaba de mí.

—Sí —contestó de forma distraída, después levantó el trapo para ver mi cara.

Me llegó su dulce aliento, aún tenía olor a tequila y sentí unas ganas mortales de besarla, pero me contuve, no quería meter más la pata. Claudia se acabó su bebida y pidió otros dos chupitos de tequila.

—Te irá bien para el dolor —afirmó convencida.

—No me duele —aseguré sin poder evitar una mueca de dolor.

En aquel instante me dolía, y mucho.

—Anda que no —contestó riendo y acariciándome la mejilla buena.

Su gesto cariñoso me dejó tan desconcertada que me bebí el chupito y volví a colocarme el hielo en la cara, no me apetecía nada que se me hinchara y además me aliviaba.

—Lai, quiero aclarar lo del otro día —

comentó mirándome a los ojos, bueno al ojo, porque en ese momento yo solo tenía uno y comenzaba a costarme un poco enfocar bien.

—¿El qué? —pregunté sin comprender.

Suspiró como si quisiera decir algo y no se atreviera. La miré y alcé una ceja interrogativa, Claudia estaba empezando a ponerme muy nerviosa con aquel comportamiento tranquilo al que sin duda no me tenía acostumbrada.

—El otro día, cuando dije que estabas medio desnuda, me expresé mal y creo que tú me entendiste peor, Lai, en ningún momento me he sentido acosada, ni mucho menos incómoda en tu presencia. Lo único que te quería decir aquel día es que me gustó cuando chocamos, sentí algo diferente, algo que no había sentido nunca con un hombre, algo que me gustó, Lai. No me molesta que me mires, me encanta que lo hagas —confesó encogiéndose de hombros.

Entonces se giró hacia la barra y volvió a pedir dos Gin-tonics mientras yo la observaba enmudecida con el corazón palpitándome con furia. Aquellas palabras se colaron en mi mente y empezaron a dar vueltas sin que supiera cómo ubicarlas. Joder como me dolía la cara. Me quedé mirándola mientras ella bebía y le dije lo único que me vino a la cabeza en ese momento.

—A veces eres muy desagradable, ¿te lo han dicho alguna vez?

Joder, ¿por qué coño había dicho eso? ¿Era el golpe? ¿El alcohol? ¿O era yo que me había vuelto gilipollas del todo?

Me miró sorprendida, y me sentí jodidamente tonta con el trapo en la cara y la boca medio abierta como una imbécil. De pronto empezó a reírse, y aunque al principio me sorprendió, después me sentí aliviada, al menos no le había sentado mal.

—Sí que me lo han dicho, Lai, aunque tú también eres bastante borde cuando quieres, y dulce —añadió—, la borde y dulce Lai —susurró con una sonrisa.

Me estaba deshaciendo por dentro, quería abrazarla y que me abrazara, que me besara y que hiciera todo lo que le apeteciese conmigo. Pero no podía hacerlo, tenía demasiadas preguntas para Claudia, no sabía si eso que sentía era puro morbo por no haber estado nunca con una mujer, ni siquiera sabía si había estado con alguna mujer, en ese momento solo sabía que me dolía la cara a rabiar, y al parecer ella lo notó.

—Vámonos, tienes que descansar.

Asentí tras un profundo suspiro, no podía estar más de acuerdo.

—Le he robado el trapo a la camarera —comenté mientras caminábamos por la calle.

Claudia empezó a reírse.

—Mañana se lo devolveremos, no te preocupes —dijo pasando su mano por mi cintura al ver que me tambaleaba un poco.

No era que estuviera borracha, es que con un solo ojo me estaba costando un montón ver dónde ponía los pies.

—Deberíamos ir al hospital a que te echen un vistazo, Lai —sugirió preocupada.

—Estoy bien, solo quiero tumbarme y dormir hasta el mes que viene —aseguré agarrándome también a su cintura.

Me sentí tremendamente bien caminando abrazada a Claudia, creo que si no me hubiese dolido tanto la cara hubiera sido capaz de seguir así toda la noche.

Entramos en el apartamento y me acompañó a mi cama, me senté y me dejé caer de espaldas haciendo una mueca de dolor.

—Tienes que quitarte la ropa y ponerte bien, Lai, así no vas a descansar —dijo cogiéndome de las manos para que me incorporara de nuevo.

Estaba demasiado aturdida para decirle que no era capaz de quitarme la ropa, solo de pensar en el roce de la camiseta por mi cara me entraban ganas de llorar. Claudia deshizo mi cama y la preparó para que pudiera tumbarme, me descalzó y me quitó los pantalones con mi torpe ayuda.

—La camiseta no —susurré suplicando.

—No te haré daño, lo prometo.

Y no lo hizo, aunque para ello me rompió la camiseta, estiró tanto el cuello para que no me rozara la cara que acabó desgarrándose por la costura.

—Vaya mierda de camiseta —dije mientras ella se reía.

—Lo siento, te compraré una —contestó divertida mientras me ayudaba a tumbarme y señalaba mi sujetador.

—Duermes en bragas, ¿no? ¿Te lo quito?

Me quedé mirándola con gesto confuso, no soportaba dormir con sujetador, no conocía nada más incómodo que eso, pero de pronto me ruborizaba que ella me viera desnuda, o casi desnuda.

—Ya te he visto las tetas, Lai, no seas cría anda —afirmó alzando las cejas.

Me giré un poco para que pudiera desabrocharlo, sentí cómo sus manos rozaban mi espalda y como sus dedos acariciaban mis brazos cuando bajó las tiras, un agradable escalofrío me recorrió el cuerpo y mis pezones delataron mi excitación ante ella.

—Lo siento —dije ladeando la cabeza hacia un lado, sintiendo una vergüenza que no comprendía.

¿En qué me estaba convirtiendo? La Lai de hacía una semana le hubiera pedido que los acariciara, que los lamiera y que se la follara hasta dejarla sin aliento, pero con Claudia no quería que fuera así, por algún motivo no quería que fuera sexo sin más, necesitaba mucho más de ella y me costaba horrores asimilarlo.

—Son preciosas —susurró con mirada traviesa—, descansa.

No fui capaz de mirarla, notaba como el corazón me latía tan fuerte que por un momento pensé que se me iba a salir del pecho, ¿cómo era posible que en tan pocos días me sintiera así con ella? Me cubrió con la sábana y salió de la habitación sin cerrar la puerta.

11. EL BESO

—Lai, despierta —oí de fondo—, son las cinco de la tarde, tienes que comer —dijo mientras subía la persiana de mi habitación poco a poco.

Abrí los ojos y noté un pequeño temblor en la mejilla, joder como me dolía. Me quedé mirando a Claudia mientras acababa de subir la persiana, llevaba un pantalón corto, muy corto, de esos que casi se te ve el culo, y una camiseta de tirantes. Se había recogido el pelo en una cola desaliñada, y eso, añadido a que llevaba las gafas puestas, le daban un aire seductor que me alteró hasta la última de las hormonas. Me pareció la mejor de las visiones para comenzar el día, o la tarde.

—¿Estabas leyendo? —pregunté.

Me miró y se llevó una mano a la cara como si no recordara que las llevaba puestas.

—No te las quites, Claudia, me gusta mucho cómo te quedan —confesé arrancándole una sonrisa que me provocó un pellizco por debajo del ombligo.

—¿Cómo estás? ¿Te duele mucho? —se preocupó.

—Un poco, bueno, un poco bastante —me retracté.

—He hecho caldo y pastel de carne, cuando comas te tomas un analgésico.

—¿Puedes dármelo ahora?

—Cuando comas.

Solo le faltó decir: y punto. Se acercó a la cama y se sentó a mi lado, a la altura de mis piernas.

—Te ha llamado Lore —soltó de pronto.

Di un respingo y me incorporé de golpe, la sábana se bajó y me dejó con las tetas al aire, por no hablar de que al moverme tan rápido se me nubló la vista y tuve que dejarme caer otra vez.

—Joder, Lai, qué bruta eres —se enfadó poniendo su mano en mi frente.

—¿Era Lore de? —pregunté sin saber cuál de las dos era.

—Las Hostias, era Lore de las Hostias —dijo sin poder contener la risa—, ¿cuántas Lores tienes? —preguntó intrigada.

—Solo a esas dos, además a Lore de las Hostias la conoces, es la entrenadora de...

—Lo sé —me interrumpió—, no dejaba de sonar y he contestado.

—¿En serio? —pregunté asustada.

—Digamos que me ha dicho cuatro cosillas

y me ha amenazado un poco.

—Mierda, Claudia, lo siento, hablé con ella cuando estaba cabreada contigo y yo no...

—Tranquila, ya lo hemos aclarado —afirmó mirando mis pechos sin disimulo alguno.

Por un momento se me había olvidado que estaba allí tirada medio desnuda. Enseguida apartó la vista y la clavó en mis ojos, pero pude notar que aquella visión la había puesto nerviosa, tanto como a mí que me mirara.

—¿Puedes levantarte o te ayudo? —preguntó al ver cómo me ruborizaba de nuevo.

—Puedo yo —me apresuré a contestar.

Cuando me levanté la comida me estaba esperando y ella se había sentado a mi lado para acompañarme mientras comía. Me bebí el caldo y después me puso un trozo de pastel de carne.

—Joder, Claudia, qué bueno —dije con sinceridad.

—Gracias, me alegro de que te guste, me he pasado dos horas en la cocina.

—Te gusta cocinar, ¿no? —pregunté devorando el pastel.

En los días que llevábamos allí yo no había cocinado ni una sola vez, en cambio, ella no había dejado de hacerlo.

—Digamos que cocinar me relaja, cuando me pongo a preparar una receta me olvido de todo lo demás —respondió poniendo una mano en mi hombro para levantarse.

Cogió mi preciada pastilla para el dolor y me la trajo.

—Gracias.

—De nada. Por cierto, ha llamado Marcos.

—No me lo digas, la niñata sale otra vez.

—Premio.

—Joder, ¿es que no se cansa nunca?

—Parece que no. Hoy iré yo sola, Lai, te quedas aquí descansando.

—Si hombre —contesté como una niña pequeña—, voy contigo, esto es solo un golpe.

«Y alguien tiene que protegerte de esas hienas hambrientas» pensé para mí.

—Además, soy tu coartada para librarte de las acosadoras.

—Creo que podré apañarme —aseguró mirándome con una dulzura que para mí era desconocida hasta aquel momento.

—Iré —dije mirándola fijamente—, voy a ducharme.

Antes de entrar en el baño me detuve en el espejo que había junto a la entrada y observé mi cara con atención, al menos esa vez no tenía la frente morada ni se me había inflamado la cara, la fiesta multicolor solo alcanzaba parte del pómulo y del ojo.

—¿Quieres que te lo maquille un poco? —me asustó Claudia observándome desde su silla.

—No, así pareceré más chunga—broméé.

Estuvimos viendo series en el sofá sin mencionar nada de lo que hablamos el día anterior, bueno de lo que habló ella, yo todavía no me había pronunciado al respecto. Pero independientemente de eso estaba claro que nuestra situación había cambiado, todo se había vuelto más cordial entre nosotras, ya no había contestaciones bordes ni ataques absurdos, de pronto estar con Claudia me provocaba una sensación de lo más agradable, su sola presencia me hacía sentir bien y lo mejor de todo es que notaba que era recíproco. Ya no la notaba tensa, ya no se encerraba en su cuarto, ya no me miraba como si me odiara y había dejado de comportarse como si siempre estuviera a la defensiva. Entonces Marcos nos avisó y volvimos al local de siempre.

—No darás problemas, ¿no? —me preguntó la de la puerta mientras Claudia se reía.

—No —contesté ofendida y de mala gana—, ¿esta de qué va? —le pregunté a Claudia una vez entramos.

Ella se echó a reír otra vez y se acercó peligrosamente a mi oído.

—Reconoce que pareces una pandillera con el ojo así —me susurró—, pero una pandillera sexy —bromeó ya en voz alta con una preciosa sonrisa dibujada en sus labios.

Noté como me sonrojaba como una cría cuando le dicen su primer piropo.

Como era de esperar, la pequeña Sandra estaba donde siempre, con sus amigas de siempre y sus gilipolleces de siempre, a su amiga le volvieron a entrar ganas de hacer fotos y Claudia se encargó de avisar a los chicos.

Por lo demás todo fue tranquilo hasta que la dulce criatura decidió que quería echar un polvo y no se molestó en salir del local, la seguimos al lavabo con su acompañante y estuvimos haciendo guardia en la puerta del baño en el que se metieron para evitar que alguien colara una cámara por debajo de la puerta.

—Esto es raro —murmuró Claudia mientras las niñas gemían como auténticas salvajes.

—Nunca has estado con una mujer, ¿verdad? —pregunté aprovechando el momento.

—No —contestó desviando la mirada.

—Sal fuera si quieres, Claudia, ya me quedo yo —me ofrecí al notar que se sentía algo incómoda escuchando a dos mujeres echar un polvo.

—No, me quedo, sobreviviré —sentenció con una expresión de lo más extraña.

A mí me entró un ataque de risa que hizo que me retorciera de dolor cuando se me achinaron los ojos al reírme. Claudia se contagió de mi risa y estuvimos un buen rato así. Unos minutos después, Sandra y su amiga salieron con cara de satisfechas. Claudia se metió en un baño y yo me lavé las manos para disimular, entonces oí como su acompañante le decía de ir a su casa. Joder, podían haber ido desde el principio. Avisamos a Marcos y pasó a ser problema de ellos otra vez.

—¿Un chupito? —le pregunté.

—Sí, por favor —suplicó después de la tortura que sufrió en el baño.

Fuimos a la barra, a la mía, o la que se había convertido en la nuestra. Nos bebimos nuestro chupito reglamentario, después pedimos unos Gin-tonics y empezamos a hablar de varios temas, cosas mundanas, simplemente conversábamos como si hiciera siglos que nos conociéramos, me encantaba aquella sensación y Claudia parecía sentirse muy cómoda y tranquila conmigo, tanto su rostro como su expresión corporal eran totalmente relajados, era como si para ella la única persona que había en aquella discoteca fuese yo.

—¿Por qué azul? —pregunté señalando su pelo.

Se encogió de hombros y sonrió.

—No sé, me apetecía cambiar un poco y el azul me pareció un buen color, ¿tan mal me queda? —preguntó preocupada.

—No, no, qué va, es curiosidad, Claudia, me encanta como te queda. Por cierto, ¿qué le dijiste a la tocaculos cuando le retorciste el brazo?

Claudia sonrió al recordarlo.

—Que yo solo quería follar con una mujer y esa no era ella. Y que si volvía a tocarte le partiría las piernas.

Joder con la mosquita muerta. Su confesión me sorprendió tanto que no supe que contestar, ella cambió de tema enseguida, como si tampoco quisiese que le dijera nada.

—¿Cómo vas de dolor? —preguntó acercándose más a mí y haciendo que me pusiera muy nerviosa.

—Bien, estoy bastante anestesiada —respondí señalando mi vaso, ya era el segundo, y eso más el chupito, me había subido un poco.

Apoyó el codo en la barra mientras seguía mirándome, lo cual me comenzó a inquietar porque no me decía nada y a mí me empezaba a latir el corazón en la garganta.

—Claudia, para de mirarme —supliqué sonriendo.

No me hizo caso, solo abrió la boca y escupió dos palabras que hicieron que me temblaran las piernas.

—¿Puedo besarte? —preguntó con mirada tórrida.

Me quedé paralizada sintiendo como el corazón se me desbocaba mientras la miraba con la boca abierta por la sorpresa que me produjo su pregunta. Claudia se tomó mi silencio como una invitación, así que se acercó despacio, colocó su mano en mi nuca erizándome la piel, y con los labios temblorosos por el miedo a lo desconocido, buscó los míos y se posó sobre ellos en un beso tierno y cálido que me cortó la respiración. Se separó un instante, parpadeó un par de veces y de nuevo posó sus carnosos labios sobre los míos, dejándolos allí unos segundos que me dejaron atontada del todo.

Joder que beso, era el más simple que me habían dado nunca y el que más me había hecho sentir, sentí que necesitaba a Claudia cerca, que no quería levantarme ni una sola mañana y no verla. Me acerqué a ella y la abracé con fuerza, Claudia me correspondió y nos quedamos así durante un tiempo indeterminado, creo que perdí la noción del tiempo, mientras estábamos abrazadas el mundo dejó de existir, solo estábamos ella y yo, la desagradable Claudia y la borde y dulce Lai.

—No vas a seguir besándome, ¿verdad? —afirmó sin dejar de abrazarme.

—No —contesté con la garganta seca.

—¿No quieres? —preguntó separándose de mí con gesto de desaprobación.

—Claro que quiero, Claudia, ni te imaginas las ganas que tengo, pero no quiero que sea así —dije señalando los vasos.

—¿Así cómo, Lai? —preguntó molesta.

—No quiero que estés bajo los efectos del

alcohol, Claudia, y las dos lo estamos, quiero que lo hagas porque realmente quieres y no porque te sientas desinhibida, no espero que lo entiendas, pero necesito que sea así.

—Pues no lo entiendo, no, ¿crees que no me apetece besarte cada día en cuanto te veo? ¿Crees que necesito alcohol para saber eso? ¡Qué te den, Lai! —y se fue. Supongo que Claudia era así.

Si me hubiera dejado terminar le hubiese explicado mis motivos, eran muy simples, si la besaba seguramente acabaríamos acostándonos, y si al día siguiente se arrepentía y decidía que eso no era lo suyo, yo no solo tendría que echar de menos a Claudia a secas, tendría que echar de menos a Claudia, a sus besos y a sus caricias. No me lo podía permitir, no después de lo que había pasado con Vero, Vero me había roto el corazón y Claudia me lo había robado, si me lo volvía a romper tan rápido no estaba segura de poder recuperarme por muchas Lores de los Polvos que encontrara.

12. SIN CONOCIMIENTO

Cuando me levanté Claudia ya estaba en el sofá leyendo, empezaba a preguntarme si esa mujer dormía en algún momento, también era cierto que yo últimamente me pasaba, no estaba acostumbrada a trasnochar tanto ni tan seguido y mi cuerpo tenía que recuperarse. Eran las cinco de la tarde, la saludé y me devolvió el saludo más frío y distante desde que la conocía. Un saludo que me desgarró por dentro. Todavía quedaba pastel de carne, cogí un trozo y me volví a mi habitación, me costó tragármelo, tenía un nudo en la garganta y no había manera de que se me deshiciera. Me di una ducha y después de vestirme salí al comedor, Claudia seguía leyendo.

—Claudia —dije interrumpiendo su lectura.

Alzó la vista por encima del libro y suspiró

frunciendo el ceño.

—No quiero hablar, Lai —contestó volviendo a su puto libro.

—Solo quiero aclarar lo de ayer —insistí de forma tranquila.

—No hay nada que aclarar, me rechazaste y ya está, yo creo que quedó bastante claro —soltó visiblemente molesta

—No te rechacé, Claudia —me defendí.

Su semblante cambió y se volvió todavía más serio, creo que hasta los ojos le cambiaron de color, estaba cabreada, más que de costumbre.

—¡Sí que lo hiciste, Lai! Te escudaste en la puta bebida y me acusaste de no estar segura de lo que sentía, y ¿sabes lo que creo? Creo que la que no está segura eres tú, te da miedo estar con una novata y supongo que tampoco quieres dejar de follar con tu Lore de los Polvos —gritó cerrando el libro y dejándolo encima de la mesa.

Eso me dolió, todo lo que dijo me sentó como una patada en el estómago. Sabía lo que sentía por ella y ser su primera vez con una mujer no me importaba en absoluto, todas pasábamos por eso. En cuanto a Lore de los Polvos, yo tenía claro que nuestra relación sexual había acabado, incluso Lore lo sabía después de aquella conversación por teléfono. Lo único que quería era explicarle mis motivos y aclararle lo que sentía por ella, pero Claudia estaba demasiado ofendida por el rechazo y no me dejó explicarme. Supongo que en parte tenía razón, los rechazos dolían, pero yo en ningún momento pretendí que se sintiera así.

—Claudia...

—Da igual, Lai, mañana nos vamos, así que esta mierda se acaba.

—¿Qué? ¿Nos vamos? —pregunté sorprendida.

—Ha llamado Toni, la firma del cargo se ha adelantado, mañana tienen una presentación de no sé qué rollo y pasado la firma, solo nos tenemos que ocupar de la niñata esta noche, nuestro vuelo sale mañana a las doce, así que ponte el puto despertador o te quedarás en Madrid.

Claudia se levantó y se fue a su habitación, yo me senté en el sofá para asimilar lo que acababa de decirme, aquello me cayó encima como un jarro de agua fría, en menos de veinticuatro horas iba a dejar de ver a Claudia, unos días atrás hubiera estado encantada con la noticia, pero ahora no quería, no quería separarme de ella y encima no me hablaba.

«Perfecto, Lai»

Por la noche volvimos al local, cada una en su barra, yo miraba a Sandra, pero ni siquiera la veía, solo era un bulto más en medio de la pista. Tenía unas ganas horribles de llorar, quería hablar con Claudia, quería besar a

Claudia, quería hacer el amor con Claudia. De pronto algo llamó mi atención, había alboroto en la pista, miré a Claudia y vi que ya se acercaba al barullo, joder era la niñata de los huevos la que estaba armando el jaleo, me acerqué corriendo y vi a la chica de la coca otra vez, la niñata le asestó una hostia en toda la cara y automáticamente aquello se convirtió en una lluvia de guantazos. Me fui a por la coquera, era la que más peligrosa me parecía, intenté cogerla y sentí un impacto muy fuerte en la cara, de pronto todo se volvió oscuro y silencioso.

Abrí los ojos aturdida, la luz blanca me cegaba, el ruido de la sirena se colaba por mis oídos provocándome pinchazos y aunque lo intentaba no podía moverme, estaba atada a la camilla. Me pareció ver a un médico a un lado y a Claudia al otro, creo que me sujetaba la mano, pero todo volvió a ser oscuro y silencioso.

Abrí los ojos de nuevo sin saber el tiempo que había pasado, todo estaba en silencio, nada se movía y me costaba enfocar, joder como me dolía la cabeza. Noté calor en una mano, incliné la cabeza a la izquierda y poco a poco se fue dibujando ante mí la figura de Claudia, estaba sentada en una silla y había apoyado su cabeza en mi colchón, estaba dormida con mi mano secuestrada bajo las suyas.

Empecé a ponerme nerviosa, no sabía que

había pasado, recordaba vagamente lo de la ambulancia, pero no sabía si era un recuerdo o un sueño, aparte de eso lo único que recordaba era mi discusión con la mujer que dormía a mi lado. Empecé a respirar con dificultad, tenía un gotero en la otra mano y me dolía la puta cara. Mi respiración agitada despertó a Claudia.

—Tranquila, Lai —dijo poniendo una mano en mi cabeza—, te pondrás bien, es solo un golpe, pero tienes que relajarte, ¿vale?

¿Qué puto golpe? ¿De qué hablaba? Vi aturdida como Claudia apretaba un botón y un minuto después apareció una doctora, que además de ser muy atractiva, tenía un semblante tan agradable como su voz cuando me habló.

—¿Puedes oírme, Lai? —preguntó.

Asentí sintiéndome tonta y ella me enfocó a los ojos con una linterna para que siguiera su dedo.

—¿Sabes lo que te ha pasado?

¿Cómo iba a saberlo si nadie me lo decía?

Negué con la cabeza.

—¿No recuerdas nada? —preguntó Claudia asustada.

—Una ambulancia —respondí con la voz temblorosa.

—¿Sabes quién soy? —preguntó de nuevo Claudia con un gesto muy preocupado.

Estuve a punto de decirle que no para ver la cara que ponía, pero enseguida recordé lo enfadada que estaba conmigo y decidí que la broma igual no le hacía ninguna puta gracia.

—Sí —sonreí.

A ella se le iluminó la cara y la doctora cogió mi muñeca para tomarme el pulso mientras miraba su reloj.

—Eso es bueno —apuntó la doctora—, te voy a poner un relajante para que te calmes un poco, ¿Vale?

Asentí y la doctora pinchó algo en el gotero.

—¿Es normal que no recuerde nada? —preguntó Claudia.

—Sí, no te preocupes, ha perdido el conocimiento dos veces, es muy común no recordar lo que ha sucedido antes del golpe. Volveré en un rato para ver cómo está, si hay cualquier cosa pulsa el botón.

—Gracias —dijo Claudia mientras la doctora se iba.

—¿Qué ha pasado? —le pregunté.

Claudia me miró y suspiró.

—Te haré un resumen, ¿vale? —dijo con cara de cansancio.

—Vale.

—Bueno, pues nuestra querida niñata volvió a jugársela a la tía de la coca, ella se cabreó y empezaron a pegarse. Nosotras fuimos, tú quisiste agarrar por detrás a la de la coca para separarla y no sé muy bien cómo, echó la cabeza hacia atrás para librarse de ti y te dio de lleno en la cara, Lai. Perdiste el conocimiento antes de caerte al suelo —dijo con los ojos vidriosos—, no me dio tiempo a cogerte, lo siento mucho.

—¿Por eso me duele el culo también?

Claudia comenzó a reír nerviosa.

—Sí, caíste de culo y luego de espaldas.

—¿Y la niñata, está bien?

—Sí, gracias a ti.

¿A mí? Por lo que me estaba contando no había sido de mucha ayuda.

—El golpe fue muy aparatoso, Lai, perdiste el conocimiento tan rápido que la gente pensó que te había matado en el acto. La pelea se detuvo de golpe y las de seguridad se encargaron del resto.

—¿Tú también? ¿También pensaste que me había matado? —pregunté al ver cómo le cambiaba la cara al recordarlo.

—Sí. Me asustaste muchísimo joder.

—Lo siento, Claudia, no quería asustarte. Joder con la coquera —comenté para cambiar de tema—, ¿qué me ha hecho? ¿Tienes un espejo?

Ella empezó a reírse negando con la cabeza, lo que no me dejó muy tranquila.

—No tengo, pero no te preocupes, te ha dado en el mismo lado que ya tenías morado, así que ahora el morado es más grande, con más colores y un par de puntos en la ceja, eso sí. Digamos que ahora en lugar de una pandillera sexy pareces una matona.

—¿Sexy? —pregunté.

—Muy sexy —afirmó guiñándome un ojo y haciendo que me derritiera por dentro.

—¿Qué hora es? —pregunté alarmada.

—Las cuatro de la tarde —contestó agotada.

—¿Y el avión? ¿Por qué no te has ido?

«*Joder*» pensé de forma inmediata, pero ya era tarde, Claudia se revolvió en su asiento hasta que acabó por levantarse, su expresión era una mezcla entre indignación y enfado, más de lo segundo creo.

—¡Mierda, Lai! ¿De verdad quieres que me vaya? Porque si es eso dímelo y no me verás más, te lo juro.

—No, no quiero —susurré con un nudo en la garganta.

—¡Pues no vuelvas a decirlo, joder!

Por puro reflejo miré hacia el lado en busca de algún compañero de habitación al que pudiéramos estar molestando con nuestra discusión.

—Tranquila, es una clínica privada, va con el trabajo, tienes una habitación para ti sola, me voy a por un café —dijo enfadada.

De pronto me vino un bajón, el relajante debió hacer su efecto y sentí unas asquerosas ganas de llorar, me sentía mal por lo de Claudia y me cabreaba mi infinita torpeza, parecía que tenía un don para meter la pata con ella. Se me escaparon algunas lágrimas y empezó a escocerme la cara. Joder con los putos golpes.

Claudia tardaba en volver, supuse que necesitaba aire o que me estaba castigando por gilipollas, en cualquier caso, acabé durmiéndome otra vez y no me enteré cuando volvió.

13. LORE DE LOS MOCOS

Volví a despertarme cuando noté como una mano caliente y suave me tomaba el pulso, abrí los ojos y vi a la doctora.

—Perdona, no quería despertarte —susurró en voz baja.

Entonces me giré y vi a Claudia, se había quedado dormida en el sillón y alguien la había tapado con una manta.

—Se ha dormido hace un rato —me contó la doctora.

Supuse que ella la había tapado.

—¿Cómo te encuentras?

—Bien —contesté con la esperanza de que se fuera rápido.

Mi bajón seguía ahí, solo tenía ganas de llorar por todo y que la doctora me hablara con tanta dulzura hacía que cada vez me entraran más. Siempre me pasaba igual, cuando tenía el nudo en la garganta bastaba con que alguien me mostrara un poco de cariño para que acabara cediendo. Me giré hacia Claudia y las lágrimas empezaron a resbalar por mis mejillas sin que pudiera evitarlo, me quedé con la cara girada intentando que no se diera cuenta.

Joder, ¿es que no pensaba irse?

Cuanto más pensaba en que no quería llorar, más grande era el nudo y más lágrimas me salían, más me costaba respirar y lo peor, llegaban esos mocos coñazo que siempre acompañan a las lágrimas. Me sorbí los mocos con disimulo, pero por mucho que lo intenté, la doctora se dio cuenta.

—Lai... —dijo cogiendo mi barbilla para girarme la cara en su dirección.

Me puse rígida como un palo, no quería que me viera llorar, pero insistió y una no estaba para hacerse la dura durante mucho más tiempo.

—Lai, mírame, venga, ¿qué te pasa, te duele mucho? No, no puede dolerte con lo que te he puesto —susurró respondiéndose sola.

Hombre, pues un poco sí que me dolía...

Insistió de nuevo, hasta que finalmente me giré hacia ella y la enfoqué.

—¿Un mal día? —preguntó con una dulce sonrisa que desató un mar de lágrimas y mocos en mí.

—Un mal año —contesté como pude.

Joder, como me escocía la cara. Ella pareció adivinarlo, bueno, no creo, era doctora, seguro que sabía más cosas que yo sobre lágrimas saladas resbalando sobre la piel irritada. Cogió una gasa y la untó con algo, empezó a limpiarme las lágrimas con cuidado y me dio un pañuelo de papel para los mocos.

—Ten cuidado —escuché que decía.

Pero era tarde, yo ya había hecho explotar mi nariz contra el pañuelo sin miramientos y sentí un horrible dolor en el ojo y el pómulo. A la doctora se le escapó la risa y puso su mano sobre mi cara.

—Te iba a decir que te sonaras con cuidado, Lai —susurró.

Yo respiraba con cierta dificultad, me hubiera puesto a gritar allí mismo de rabia, impotencia y dolor, pero no quería despertar a Claudia y volví a clavar la mirada en ella, mirarla me calmó relativamente, tenía una cara angelical cuando dormía, parecía mentira que esa mujer fuera tan desagradable a veces.

—¿Es por ella? —preguntó la doctora.

Joder, ¿de dónde había salido esa mujer? Doctora, agradable y adivina. Asentí, total, no iba a verla más en cuanto me diera el alta, tal vez hablar un poco me ayudaría a deshacer el puto nudo que me estaba ahogando.

—Metí la pata —confesé en voz baja mientras me sorbía los mocos.

—Puedes contármelo, Lai, confidencialidad médico paciente —dijo guiñándome un ojo y haciéndome sonreír.

—Creo que piensa que no quiero estar con ella, que la rechacé...

—¿Y lo hiciste?

—No. Le pedí que esperara al día siguiente y...

Me callé cuando vi que la doctora no entendía de qué hablaba.

—Tendrás que ser un poco más específica —dijo con su adorable sonrisa.

—Verá.

—Tutéame, Lai.

Joder, si Claudia no me quería, tal vez le pidiera matrimonio a esa mujer algún día.

—Verás, estábamos trabajando y cuando terminamos bebimos un poco y ella me besó— me entró la risa floja al recordar aquel beso y la doctora sonrió conmigo.

—¿Y cuál es el problema? Porque está claro que te gustó, ¿no?

—Ya lo creo —sonreí como una quinceañera mientras me sorbía los mocos otra vez.

—Suénate —sugirió dándome otro pañuelo —, con cuidado —especificó cuando fui a cogerlo.

Le hice caso y me soné flojo tres o cuatro veces hasta que me sentí libre. Entonces continué con mi versión de la historia.

—Le dije que no quería que me besara bajo

los efectos del alcohol, ella nunca ha estado con una mujer y yo necesitaba estar segura de que lo tenía claro, que lo hacía porque era lo que quería, lo que sentía.

—Lo entiendo —dijo la doctora para mi sorpresa.

Joder, ¿y por qué no lo entendía Claudia?

—Necesitas saber que si hoy te acuestas con ella mañana no se arrepentirá.

—Exacto —confirmé.

—Pues díselo, Lai, igual que me lo has dicho a mí.

—Lo he intentado, pero se sintió rechazada y ahora no me habla, al menos no de eso.

—Pero está aquí, y según tengo entendido ha perdido un avión para eso, para quedarse contigo, vamos...

—Ella cree que la que tiene miedo soy yo.

—Y lo tienes, ¿no? —afirmó.

—Un poco. Aún no hace un año que me rompieron el corazón como si no fuera importante, me lo destrozaron hasta convertirlo en pedazos y Claudia me lo ha arreglado —suspiré hondo—, pero también me lo ha robado.

—Y te da miedo que te haga daño —afirmó—, mira, Lai, te aseguro que no soy la más indicada para dar consejos amorosos, pero si hay una cosa que he aprendido en mis cuarenta y dos años, es que si no te arriesgas te puedes perder cosas maravillosas,

¿qué te pueden romper el corazón otra vez? Por supuesto, pero si has sobrevivido una vez podrás hacerlo las que hagan falta, créeme.

Vaya, alguien le había partido el corazón a mi adorable doctora, estuve a punto de preguntarle el nombre para enviar a Lore de las Hostias a decirle cuatro cosas, pero me contuve. Sus palabras me calmaron y miré otra vez a Claudia, me encantaba hacerlo.

—Dale un poco de tiempo para que se le pase el enfado y después habla con ella, pero hazlo, Lai —insistió.

Se inclinó un poco sobre mí para echar un vistazo a los puntos de mi ceja y entonces vi algo que me cortó la respiración, su pecho estaba muy cerca de mi cara y como buena lesbiana no pude evitar mirar, la verdad es que tenía un escote muy bonito tras aquella camisa, sin embargo, no fue eso lo que hizo que dejara de respirar. Fue su bata, de un lado de su bata blanca perfectamente planchada, colgaba una placa identificativa que rezaba algo así como: Dra. Lorena Martín.

¡No me lo podía creer, tenía ante mí a Lore de los Mocos! Se retiró y se dio cuenta de que la miraba, fue un poco incómodo hasta que conseguí articular palabra y hacer que fuera peor.

—Lo siento, no te miraba las tetas, lo juro. Bueno, solo un momento —confesé—, he mirado rápido, pero no he visto nada, lo prometo, bueno el canalillo sí, es bonito. Mierda, lo siento —me callé sonrojada. Putos analgésicos.

La adorable doctora empezó a reírse ante mi torpeza verbal y esperó a que continuara hablando, pero entonces descubrí que tenía unas ganas enormes de mear, no había meado en todo el día.

—Me hago pis —dije con timidez.
—Te pondré la cuña.
¿Cuña? ¿Se le había ido la olla?
—¡No! Quiero levantarme.
—Ni hablar, podrías marearte, Lai.
—Me da igual, no pienso mear en una cuña, doctora —empecé a destaparme nerviosa y me incorporé, al hacerlo sentí un tremendo dolor de culo—. ¡Joder! —me quejé enfadada.
—¿Quieres tener cuidado, Lai? Tienes un buen golpe en el culete.
¿Culete? Yo tenía culo, no culete, joder.
—¿Me has visto el culo? —pregunté muerta de vergüenza.
—Sí, Lai, te he visto el culo, soy tu doctora y si te lo tengo que mirar otra vez lo haré —afirmó.

Creo que estaba empezando a enfadar a mi querida doctora. Había pensado callarme y dejar de dar el coñazo, pero entonces me di cuenta de otra cosa: las bragas que llevaba puestas no eran las que yo me puse ese día y además llevaba una camiseta de tirantes que ni siquiera era mía, no llevaba el sujetador. Alguien me había desnudado.

—¿Y mi ropa? ¿Quién me ha cambiado?

—Yo, Lai, con la ayuda de Claudia —dijo sonriendo—, venga, cógete a mí.

—¿Eso no lo hacen las enfermeras?

—Sí, pero estaban ocupadas y a mí no se me caen los anillos con esas cosas.

Me hundí en la mierda, que me hubiera visto la doctora vale, pero no quería que Claudia me viera desnuda, bueno sí, pero no en una cama de hospital. Me agarré a la doctora y me puse en pie, me mantuvo un rato quieta para asegurarse de que no me mareaba, después cogió el gotero y caminamos juntas hasta el baño.

—¿Vas a quedarte ahí? —pregunté frente a la taza del váter.

—Sí, y eso no es negociable —sentenció—, tengo que aguantar el gotero y estar cerca por si te mareas. No miraré, venga.

Decidí no protestar más, bastante paciencia estaba teniendo la doctora conmigo, me bajé las bragas y me senté haciendo una mueca de dolor silenciosa, solo faltaba que me quejara, se girara y me viera meando. Algo así no podría superarlo nunca. Terminé y me ayudó a tumbarme.

—Miraba la placa —dije por fin señalando su bata.

Ella la sujetó en su mano y la miró en busca

de algo que le indicara a qué me refería.

—Te llamas Lorena —afirmé.

—Eso creo —contestó ella con cara de interrogante.

—¿Sabes que yo sobreviví hasta encontrar a Claudia gracias a dos Lorenas? —dije agotada.

Alguna de las medicinas que había pinchado en mi gotero mientras hablábamos debía estar haciendo efecto, porque empecé a tener mucho sueño.

—En ese caso, Lai, si me necesitas ya tienes tres —susurró—, ahora descansa, luego pasaré a verte y si mañana estás mejor te daré el alta.

Me acarició la mejilla buena y salió de la habitación. Yo me giré hacia Claudia y me quedé dormida mirándola.

14. DE VUELTA A CASA

Cuando abrí los ojos Claudia no estaba, por un momento me asusté pensando que se había ido, que me había dejado, pero entonces escuché la voz de mi nueva Lore de los Mocos.

—Ha ido a alquilar un coche —dijo con su dulzura característica.

—¿Un coche? ¿Qué hora es? —pregunté increíblemente desubicada.

—Son las nueve de la mañana, ayer te dormiste y no te has despertado hasta ahora.

Entonces enfoqué bien y vi que había una cama plegable al lado de mi cama.

—¿Claudia ha dormido ahí?

—Entra en los servicios de la clínica —contestó sin más—, venga, levanta.

—¿Por qué ha ido a alquilar un coche?

No podía dejar de hacer preguntas, seguro

que la doctora pensaba que era una plasta.

—Porque os vais, estás mejor, así que en cuanto camines un poco conmigo y me asegure de que no te mareas, te firmaré el alta.

—¿Y por qué nos vamos en coche? El avión es más rápido.

No es que yo tuviera un ataque de inteligencia, era un hecho.

—Claudia me ha comentado lo que te pasa con los cambios de presión, y con esos golpes es mejor no volar, Lai —dijo cogiéndome por el brazo para que caminara con ella por la habitación.

—El tren también es más rápido —comenté distraída.

La doctora sonrió.

—Claudia lo ha descartado, dice que los asientos son muy incómodos, que estarás más cómoda en un coche, aunque tardéis más.

No supe qué decir ante eso, que Claudia se preocupara por mí y por mi culo me gustaba. Me quitó el gotero y me ayudó a vestirme, para cuando Claudia volvió, yo ya estaba preparada para salir.

La doctora me abrazó con cariño, fue como si nos conociéramos de toda la vida.

—Gracias por todo —le susurré mientras estaba abrazada a ella.

—Cuídate, Lai, y no la dejes escapar —me susurró.

Me dio un sonoro beso en la frente y

después se abrazó a Claudia, escuché cómo se decían algo también, aunque no pude entender nada.

Nos montamos en el coche y volvió el silencio entre nosotras, Claudia parecía relajada conduciendo, así que decidí no molestarla. Incliné mi asiento ligeramente hacia atrás y me dediqué a mirar por la ventana, había dormido tantas horas en aquella clínica que sentía que podía estar despierta una semana. Estuvimos así casi dos horas, yo alternaba mis visiones por la ventanilla con alguna mirada hacia Claudia, para asegurarme de que estaba bien y no tenía sueño, y de paso recrearme, me gustaba mucho ver su expresión concentrada en la carretera.

—He hablado con tus dos Lores —dijo sacándome de mi ensimismamiento.

Joder. ¿Por qué Claudia había hablado con mis Lores? Y lo peor, ¿qué le habrían dicho?

—¿Ah, sí? —dije incorporándome de inmediato.

—Sí —contestó sonriendo.

Yo tenía una cara de interrogante tremenda, no sabía si preguntarle o no hacerlo, pero fue ella la que empezó a darme explicaciones.

—No te pongas nerviosa, Lai, no me han comido si es lo que te da miedo —dijo con un tono muy dulce.

Joder como me desconcertaba Claudia.

—Lore de las Hostias fue la primera en llamar —dijo—, deduje que Toni le habría contado lo que te había pasado y que te llamaba porque estaba preocupada, no me pareció bien no contestar, así que descolgué el teléfono.

—¿Y qué quería?

—Pues eso, Lai, quería saber cómo estabas, la verdad es que se puso un poco histérica —añadió riendo.

—Sí, Lore es así —sonreí—, si la tienes de tu lado va al cien por cien.

—Se preocupa por ti, Lai, tienes suerte de tenerla.

No sé si Claudia pensaría lo mismo si le contara que me había partido la cara. Pero sí, lo cierto era que tenía mucha suerte de que alguien como Lore de las Hostias formara parte de mi vida.

—¿Y la otra? Lore de...

—¿Lore de los Polvos? —dijo vocalizando perfectamente cada una de las letras.

—Sí—contesté cabizbaja.

—Ella te llamó por la tarde, la primera vez no lo cogí, pero insistió y entonces supuse que tal vez ella y Lore de las Hostias se conocían y que se lo habría contado. No sé, Lai, al final se lo cogí.

—¿Y qué te dijo?

—Me confundió contigo y me preguntó si

estaba desnuda.

Mierda, mierda, mierda. En ese momento recordé que la última vez que hablé con Lore de los Polvos fue el día que follamos por teléfono y en efecto, yo estaba desnuda.

«Joder»

—Lo siento, Claudia —dije avergonzada.

—No pasa nada, me pareció divertido —contestó con una sonrisa.

—¿Ah, sí? —pregunté sorprendida.

—Bueno, Lai, no todos los días una contesta al teléfono y lo primero que oye es la voz de una mujer preguntando si llevo ropa o no.

Los ojos se me abrieron como dos platos, incluso el malo. Ella me echó una mirada rápida y continuó hablando.

—Tranquila, le aclaré quien era y le conté lo que había pasado, se pasará a verte esta tarde por casa de Lore de las Hostias.

—¿Por casa de Lore? —ahora sí que me estaba perdiendo.

—Verás, Lai, de las casi cuarenta horas que has estado ingresada te has pasado treinta y seis durmiendo, Lore de las Hostias llamó un par de veces más para ver cómo seguías y pasamos bastante rato hablando.

—¿Te has hecho amiga de Lore? —pregunté con una divertida sonrisa.

—Tal vez, no sé, la verdad es que me cae muy bien. En fin, en una de esas conversaciones, Lore insistió en que te quedaras en su casa unos días, hasta que te recuperes un poco, y sinceramente yo me quedo más tranquila si lo haces.

No contesté, volví a mirar por la ventana. Lo cierto era que no me apetecía quedarme en casa de Lore, si ya no podía estar con Claudia prefería estar sola, sabía que en cuanto ella se fuera me entraría el bajón y solo tendría ganas de llorar, no me apetecía tener a Lore pendiente de mí las veinticuatro horas. De nuevo el puto nudo se apoderó de mi garganta.

—Lai —dijo en voz baja.

—¿Qué? —contesté disimulando mi angustia sin mirarla.

—Solo unos días, hasta que recuperes las fuerzas, ¿vale?

Me encogí de hombros, no quería discutir y tampoco quería llorar delante de Claudia. También sabía de sobra lo insistente que sería Lore si intentaba negarme, así que lo dejé. Si eso era lo que ellas querían lo haría y ya está. No volví a hablar en todo el camino, paramos un par de veces para que Claudia estirara las piernas y se tomara un café, pero yo no me bajé del coche, no me apetecía. Solo decidí hacer una pregunta cuando aparcó frente a la casa de Lore de las Hostias.

—¿Vendrás a verme? —pregunté con la mirada fija en el salpicadero.

Supongo que enfoqué allí porque ya me imaginaba la respuesta y no quería mirarla a los ojos cuando me lo dijera.

Claudia suspiró.

—Te llamaré, Lai —dijo colocando su mano en mi hombro—, necesito un poco de tiempo para pensar, pero te llamaré, ¿de acuerdo?

Tampoco contesté, abrí la puerta del coche con rapidez porque no quería mirarla, necesitaba tanto salir de allí que me lancé hacía fuera sin tener en cuenta que llevaba siete horas sentada, las piernas no me respondieron y tuve que agarrarme a la puerta para no caerme.

—¡Joder, Lai! —gritó Claudia enfadada mientras se bajaba del coche para venir a ayudarme.

En ese momento también venía Lore, las lágrimas se me estaban escapando, así que aún no sé cómo me zafé de las dos y caminé con mis acartonadas piernas hasta el interior de la casa de Lore. Me tumbé en su cama bocabajo y lloré contra la almohada hasta que me cansé. Lore tardó un buen rato en entrar, supuse que estaría hablando con Claudia y a la vez dándome tiempo, a veces tenía la sensación de que ella me conocía mejor que yo misma.

Mi amiga entró en la habitación, yo seguía en la misma posición con la mirada fija en la pared. No me dijo nada, me descalzó, me dio un sonoro beso en el culo y salió de la habitación. Lore hacia ese tipo de cosas, nunca sabías por dónde iba a salir y eso era algo que me encantaba de ella.

15. MIS LORES

Tres horas más tarde Lore de los Polvos entró en la habitación, yo ya estaba más calmada y me giré para verla. Me miraba desde la puerta con su increíble sonrisa.

—Estás hecha una mierda —dijo riendo.

Sonreí con cansancio, me alegraba de ver a mi Lore de los Polvos.

—¿Puedo? —dijo señalando la cama.

Asentí y me hice a un lado para que se tumbara conmigo. Me besó en la frente y nos acurrucamos la una frente a la otra.

—Supongo que nuestros polvos épicos se han acabado, ¿eh? —dijo sonriendo mientras me colocaba dos mechones detrás de la oreja.

—Sí —contesté sin dejar de mirarla.

Creo que de algún modo me sentía mal, ella me dio lo que necesitaba mientras me hizo falta y supongo que yo también se lo daba a ella, pero ahora ya no podía seguir haciéndolo.

—Me alegro por ti, Lai, de verdad. Lore ya

me ha dicho que ahora no estáis muy bien, pero ya verás cómo se arregla, nena. Aguanta un poco —dijo besándome la frente otra vez.

Eso me confirmó que Claudia y Lore habían hablado de algo más que de mi estado de salud.

—Estoy bien, Lore, se me pasará, es que estoy un poco floja también —bromeé.

—Lo sé, sé que eres una tía dura, Lai, de lo contrario, no habrías aguantado mis polvos —dijo bromeando también.

Estuvimos riendo un buen rato, recordando el día que nos conocimos y algunas de nuestras conversaciones. Me reconfortó hablar con mi Lore de los Polvos.

—Te dejo que descanses, Lai, llámame si me necesitas, ¿vale?

Se incorporó y se puso en pie al lado de la cama.

—Espera, Lore —dije poniéndome de rodillas en la cama y caminando como un pingüino hacia ella.

Empezó a reírse y me ayudó a ponerme en pie cuando llegué hasta ella.

—¿Qué coño haces, Lai? —preguntó con su sonrisa puesta.

No le dije nada, solo la besé. No quería dejar zanjada mi relación sexual con Lore con un polvo telefónico. No fue un beso morboso, fue cariñoso y ella me respondió de la misma manera, metimos un poco de lengua y saboreé sus labios por última vez. Ella hizo lo mismo con los míos y nos separamos. Agarró mi cara entre sus manos y se agachó un poco para ponerse a mi altura.

—Gracias, nena —dijo con dulzura.

Me dio otro beso y se dirigió a la puerta, antes de salir se paró y volvió a hablarme.

—Sabes que siempre serás mi nena, ¿no? Le guste a Claudia o no le guste —afirmó dando por sentado que yo acabaría con Claudia.

Se fue y me senté en la cama. Joder como me dolía el culo.

No me sentí mal por lo que hice, no lo hice con ninguna intención ofensiva, supongo que fue mi manera de demostrarle a Lore que me importaba, y al fin y al cabo tampoco tenía nada con Claudia.

No volví a llorar más, me centré en obedecer a Lore y dejar que me cuidara absurdamente, yo me encontraba bien. Estuve dos días en su casa y los dos días Claudia me llamó, no se lo cogí, formaba parte de mi estrategia para no llorar. Además, ¿no quería tiempo? Pues ahí tenía un poco más. Sabía que ella y Lore hablaban, lo que no sabía era cuánto. Al segundo día de estar en su casa sonó su móvil, el de Lore, yo estaba tumbada en el sofá con los ojos cerrados y ella dio por hecho que dormía, así que contestó en voz baja. Supe que era Claudia porque básicamente dijo: *"Hola, Claudia"*. La oí decir que yo me encontraba mejor, después se levantó y se fue a la cocina para seguir hablando. Esa misma tarde le dije a Lore que al día siguiente volvería a mi apartamento, descansaría unos días más y después me incorporaría al trabajo. No se negó, aunque se pasó el resto de la tarde cocinando para mí.

Mi adorable Lore de las Hostias. Me hizo un bizcocho, una tortilla de patatas y no sé cuántos tapers más. Me llevó a mi apartamento a media mañana, era sábado y ella no trabajaba.

—Está tarde vendré a ver cómo estás —aseguró.

Alcé las cejas sorprendida, pero si acababa de dejarme.

—No hace falta, Lore, ya has visto que estoy bien —intenté decir.

—He dicho que vendré —sentenció.

Me entró caquita y me callé.

—Vale.

Abracé a mi Lore con fuerza, más rato del habitual, estaba infinitamente agradecida con mi amiga y no sabía cómo decírselo.

—Ya sé que me quieres, Lai, venga, entra que hace frío, luego me paso.

Mi Lore se fue y por fin me quedé sola, metí toda la comida en la nevera menos el bizcocho, me corté un trozo y me tumbé en el sofá en silencio.

Joder, qué bien sentaba estar en casa.

Tras estar una hora en mi mundo me levanté, me duché y me quedé en bragas, de hecho, pensaba quedarme así todo el fin de semana, la única que tenía que venir era Lore y me daba igual que me viera así, no pensaba vestirme, mi planazo era pasarme el fin de semana en bragas, viendo series y bebiendo cerveza. Ya tenía mi nuevo capítulo de Juego de tronos listo para ver, pero por algún extraño motivo no quería verlo, no sin Claudia.

16. CLAUDIA

Sonó el timbre de la puerta, yo estaba empanada viendo una serie que ni siquiera sabía de qué iba. Paré la tele y miré el reloj, eran las cinco de la tarde, supuse que Lore de las Hostias venía a ver mi mísero estado. Abrí la puerta y me encontré a Claudia. Que puta manía de no usar la mirilla.

Se me paró el corazón mientras ella me daba un repaso sin cortarse ni un pelo. Noté como los pezones se me ponían duros como piedras y ella sonrió.

—¿Siempre abres la puerta así? —dijo mirándome a los ojos por fin.

—No —contesté bobalicona.

Aunque si me lo paraba a pensar.

—¿Puedo pasar? —preguntó.

Joder, me aparté de la puerta y le di paso. Entró y se fue directa al comedor mientras yo cerraba y la seguía en bragas. La verdad es que no sabía que cojones hacia Claudia allí, no me la esperaba.

—¿Quieres tomar algo? —pregunté dudosa.

—No gracias. ¿Cómo te encuentras, Lai?

Claudia me tenía completamente desconcertada para variar, me detuve al lado del sofá, dudando si responder primero y después ir a vestirme o viceversa, opté por responder, me pareció de mala educación dejarla con la palabra en la boca.

—Estoy bien, Claudia, no hacía falta que vinieras —afirmé tras soltar un soplido al aire.

—No contestabas a mis llamadas, así que yo creo que sí que hacía falta.

No contesté, me mordí los labios y me di la vuelta para dirigirme a mi habitación.

—Te escuché, Lai —dijo antes de que diera el primer paso.

Me quedé parada, quieta como una columna. ¿Me oyó? ¿Oyó el qué? Me giré con cierta incertidumbre, decidí no vestirme, total ya me había visto desnuda y yo quería saber de inmediato que era lo que había oído.

—¿Qué escuchaste?

—El día del hospital, cuando hablabas con la doctora Martín, no estaba dormida, Lai.

El corazón me dio un vuelco y me entró un calor insoportable. ¿Cuánto había oído? ¿Una parte? ¿Todo? ¿Me escuchó llorar?

—¿Cuánto oíste? —pregunté con la voz ahogada.

—Todo, Lai, me desperté cuando ella entró

en la habitación, estaba muy a gusto y no me moví. Supongo que pensó que dormía, me tapó con una manta y se acercó a tu cama. Lo escuché todo, desde que empezaste a llorar, hasta lo de su nombre, pasando por sus tetas— dijo riendo.

—¡Joder, ¿escuchaste lo de las tetas?!

Ya no me acordaba de esa parte.

—Sí —afirmó con su increíble sonrisa mientras yo notaba como me ponía roja como un tomate—, la verdad es que tuve que hacer un esfuerzo enorme para que no se me escapara la risa, Lai, fuiste tan adorable.

—En mi defensa diré que estaba drogada.

—¿Así que te gustaron sus tetas? —bromeó para que me sintiera más cómoda.

—Las tuyas me gustan más.

Afirmé sintiendo que la lengua me iba sola.

—Lo siento —dije de inmediato mientras ella se reía.

Dejó su bolso y se acercó a mí de forma peligrosa, mi pulso se disparó y sentí un cosquilleo extraño entre las piernas que me preocupó casi tanto como el hecho de sentir que todo mi cuerpo temblaba ante su cercanía.

—Tenías razón, Lai.

¿Ah, sí? ¿Yo tenía razón en algo?

—¿En qué? —pregunté acelerada.

—Lo que dijiste en la discoteca, lo de que era mejor dejarlo para cuando estuviera totalmente lúcida.

—Es decir, que sí que dudabas —dije con el corazón encogido.

—No, Lai, ni dudaba entonces ni lo hago ahora, pero si hubiéramos seguido y hubiésemos acabado en la cama —dijo ruborizándose—, yo no hubiese podido evitar pensar que a lo mejor el alcohol había tenido algo que ver. Me hubiera rayado bastante, la verdad.

—¿Ya no estás enfadada conmigo?

—No, cariño, solo lo estoy conmigo misma por no haber tenido el valor de decírtelo antes.

Me abalancé sobre ella y la besé, agarré su cara entre mis manos y me lancé en busca de sus labios, nos besamos con el mismo miedo que tuvimos en aquella discoteca, como si fuéramos dos primerizas, respirábamos fuerte, notaba el calor de sus labios, su ternura y su dureza, busqué su lengua con la mía y ella respondió ferozmente.

Joder, como deseaba a Claudia.

Me estremecí de placer cuando su lengua rozó la mía y empezó a acariciar mi espalda desnuda con las manos, me ardía el cuerpo, un tremendo hormigueo había invadido mi más sagrada zona, me subía por el estómago y me llegaba a la garganta, Claudia jadeaba sin dejar de entrelazar su lengua húmeda con la mía, nos separamos para coger aire y me habló con sus preciosos ojos clavados en mis labios morados por el placer.

—¿Tienes cama, Lai? —preguntó a medio camino entre la timidez y el deseo.

Sonreí como una boba, la cogí de la mano y caminé con ella hasta mi habitación. Claudia se paró frente a mí y me miró, intenté adivinar qué era lo que quería, no quería agobiarla ni que se sintiera presionada para hacer algo que no quisiera. Entonces clavó sus ojos en los míos y empezó a desnudarse.

El Nilo corría entre mis piernas, tal vez el Amazonas, no lo tenía muy claro. Quería desnudarla yo, pero que lo hiciera ella me pareció de lo más sexy y me excitó todavía más. Por último, dejó caer sus bragas y levantó los pies uno a uno hasta que dejaron libres sus piernas, se quedó parada unos instantes mientras yo recorría cada centímetro de su exquisito cuerpo con la vista. Se acercó a mí y se agachó para quitarme las bragas, cuando subió me besó el ombligo y después subió a buscar mi boca de nuevo.

La empujé con cuidado y la tumbé en la cama, dejé que se pusiera cómoda y después me coloqué encima de ella. Al hacerlo observé que temblaba como una pluma.

—¿Estás bien? —pregunté.

Ella me sonrió antes de contestar.

—Estoy acojonada, Lai, no sé muy bien qué debo hacer, ¿y si no te gusta? ¿Y si lo hago mal? —preguntó alarmada.

—Shhh, para, Claudia —dije acariciándole

la cara con dulzura—, no tienes que hacer nada que no te apetezca hacer, ¿vale? Tú solo déjate llevar, iré despacio y si hago algo que te incomoda o que no quieras hacer dímelo sin rodeos, ¿de acuerdo?

Asintió y empecé a besarla, despacio, primero me apoyé con un codo y empecé a acariciar suavemente uno de sus pechos, masajeé el pezón con delicadeza mientras se endurecía. Claudia empezó a jadear mientras me besaba con hambre, empecé a deslizar mi mano por todo su costado hasta llegar a su cadera, rocé su ingle con los dedos y ella tembló y movió su cadera buscando el contacto de mi sexo con el suyo. Yo intentaba atender todos sus deseos, leer lo que su cuerpo me pedía para complacerla, así que despacio y con cuidado, hice que nuestros sexos se acoplaran, me apoyé con los dos codos y empecé a empujar despacio, como no se quejó seguí con el movimiento.

Joder como me gustaba.

Aceleré un poco, Claudia gimió, colocó sus dos manos en mi culo, me apretó las nalgas con fuerza y empujó hacia ella, apreté muerta de deseo y me detuve un segundo para mirarla, necesitaba saber que estaba bien y que le gustaba.

—Sigue, Lai —jadeó ante mi sonrisa.

Obedecí y aceleré, ella empezó a empujar desde abajo, me adapté a su ritmo y nos acompasamos. Me moría de gusto, estaba a punto de correrme, pero intenté aguantar, quería que Claudia se corriera primero, me daba miedo correrme y que pensara que ella lo estaba haciendo mal o algo y se le cortara el rollo. Por suerte no tuve que aguantar mucho, Claudia empezó a empujar con furia y alcanzó el orgasmo mientras yo también me dejaba ir y nos corrimos juntas.

Cuando terminamos me quedé encima de ella, apoyada todavía con los codos para no dejar todo mi peso encima de su precioso cuerpo desnudo, la observaba, miraba como su cara se relajaba mientras recuperaba la respiración normal. Me sonrió. Volvió a sonreírme y me besó con dulzura.

—¿Estás bien? —pregunté.

—Si lo que quieres saber es si me ha gustado la respuesta es sí, Lai, me ha encantado —afirmó con la mirada encendida.

—¿Entonces puedo continuar?

Claudia se estremeció ante mi pregunta.

—Joder, sí —aseguró con voz ronca.

Dejé que la punta de mis dedos recorriera despacio su abdomen en dirección descendente, quería que tuviera claro hacia dónde me dirigía para que tuviera tiempo de detenerme si no se sentía preparada. No lo hizo, cuanto más cerca estaba de su sexo más temblaba su abdomen y más jadeaba ella, abrió las piernas por instinto y yo me lo tomé como una invitación para entrar en su zona sagrada, me moría de ganas de explorarla. La besé, me separé y sin dejar de mirarla a los ojos dejé que mi mano cubriera por completo su sexo, quería que sintiera ese calor, ella resopló de gusto.

Madre mía, como me gustaba hacer el amor con Claudia.

Sin dejar de mirarla empecé a introducir mis dedos entre sus labios y ella ahogó un gemido.

—¡Joder, Lai! —jadeó colocando sus manos encima de la mía para asegurarse de que no salía de allí.

Eso me excitó muchísimo y me hizo besarla con furia, metí mi lengua en su boca y sentí pequeños espasmos en mis labios inferiores, un cosquilleo tremendo hasta que dejé de besarla para poder concentrarme en la zona donde tenía mis dedos.

Empecé a recorrer todo su sexo con los dedos mientras ella empezaba a mover la cadera poco a poco. En esa ocasión bajé rápido, no quería que me lo impidiera, aunque también tenía claro que con el estado de excitación que tenía no iba a importarle en absoluto. Empecé a besar el interior de sus muslos, primero uno y luego el otro, ella temblaba y jadeaba a partes iguales hasta que dejé que mi boca y mi lengua se perdieran por todo su sexo. Claudia se retorció y empezó a mover su cadera reclamando más.

—Lai, me voy a correr —susurró con la voz ahogada.

Supuse que me avisaba por si quería salir de allí, pero yo no tenía esa intención, al contrario, empecé a hacer círculos rápidos con mi lengua, y ella me suplicó que no parara, noté como agarraba una de mis muñecas con fuerza y entonces se dejó ir. Se abandonó al orgasmo, a un largo e intenso orgasmo. Que bien sabía Claudia. Me limpié con la sábana y subí besando su tembloroso abdomen por el camino, ella me agarró y me llevó a su boca, me besó despacio, me saboreó y después me tumbé a su lado para dejarla descansar.

No lo hizo, se recuperó un poco y se puso de rodillas en la cama casi de un salto. Me hizo gracia.

—¿Qué haces? —pregunté sonriente.

—Levanta, Lai, ponte como yo.

No supe que me excitó más, si su tono ronco de voz o no tener ni idea de lo que pretendía. Le hice caso y me coloqué de rodillas en la cama, ella me agarró y empezó a moverme hasta que se colocó justo detrás de mí. Colocó su mano en mí cuello por debajo de mí barbilla y se inclinó ligeramente hacia atrás llevándome con ella, podía notar su sexo en mi culo y sus pechos en mi espalda. No podía respirar, tenía el corazón desbocado, la boca me empezó a temblar cuando agarró mis dos pechos desde atrás y empezó a acariciarlos, primero con suavidad y poco a poco con más insistencia mientras yo jadeaba sin parar y me agarraba con las manos a sus muslos.

Subió una mano hasta mi garganta obligándome a apoyar la cabeza en su cuerpo y con la otra empezó a bajar hacía mi más preciada zona.

—No tienes que hacerlo, Claudia —susurré presa del placer que me provocaba.

—Cállate, Lai —sentenció.

Separé más las piernas y ella introdujo sus cálidos dedos entre mis labios, temblé salvajemente al notarla allí. Ella agarró más fuerte mi garganta para que me quedara en esa posición y dejó que sus dedos bailaran por todo mi sexo, primero lo recorrió suavemente mientras yo seguía gimiendo sin parar, creo que no se dejó ni una sola zona sin explorar. No podía respirar, el corazón me latía desbocado, sentía espasmos en mi sexo acompañados de un exquisito cosquilleo.

—Aguanta un poco, Lai —me susurró al oído al ver que estaba a punto.

Joder, cómo iba a aguantarme si encima me hablaba con aquella voz tan sensual. Adoraba como sonaba mi nombre cuando eran sus labios los que lo pronunciaban. Me agarré a las sábanas y las retorcí entre mis puños, me mordí el labio intentando ganar tiempo, pero ya no podía más, necesitaba correrme o me iba a dar algo.

—Claudia —quería decirle que no fuera cruel, pero solo tenía aire para pronunciar una palabra. Escuché como sonreía y entonces empezó a acariciar mi clítoris trazando rápidos y fuertes círculos. Eso sí que no pude aguantarlo, estallé en un increíble, intenso y largo orgasmo mientras ella me seguía sujetando hasta que terminé de correrme en su mano. Me quedé allí apoyada contra ella, estaba muerta. Muerta de gusto, claro. Cuando me recuperé nos tumbamos las dos bocarriba y nos cogimos de la mano, estuvimos un rato calladas, contemplando lo blanco que era el techo de mi habitación, hasta que decidí romper aquel silencio.

—Para tener miedo de hacerlo mal lo has hecho muy bien, Claudia —dije riendo.

—Sí, creo que te ha gustado —sonrió ella también girándose hacia mí.

Yo también me giré hacia ella.

—Mucho —dije besando su mano.

De pronto recordé que Lore me había dicho que vendría.

—¡Mierda, Lore! —dije levantándome de un salto.

Salí corriendo hacia el comedor para coger el móvil y Claudia me siguió.

—¿Qué Lore? —preguntó ella asustada.

—Lore de las Hostias, me dijo que se pasaría esta tarde, voy a dejarle un mensaje para que no venga.

—No hace falta, Lai, no va a venir —dijo sonriendo.

Se me arquearon las cejas y mi cuerpo se giró solo en busca de la mujer desnuda que acababa de hablarme.

—¿Ah, no? —pregunté con asombro.

—No, la llamé para avisarla de que me pasaría por su casa para verte y me dijo que ya estabas aquí, le dije que vendría y entonces dijo que no vendría ella —dijo encogiéndose de hombros y haciendo que sus tetas votaran ligeramente.

—Vale —dije dejando el móvil con alegría.

—¿Te molesta que hable con ella? —quiso saber.

—No, qué va, Claudia, para nada, Lore forma parte de mi vida y me alegra que te lleves bien con ella, ahora solo te falta conocer en persona a Lore de los Polvos —dije mordiéndome el labio inferior y arqueando las cejas sin saber si esa idea le haría gracia.

—Claro —dijo para mi sorpresa—, pero tú y ella ya no...

—No, lo hablamos y a partir de ahora solo seremos amigas, nada de sexo lo juro —dije con la mano derecha en alto.

Ella sonrió complacida.

—Necesito una cerveza, ¿tienes? —preguntó.

—Sí, claro.

Nos pusimos las bragas y una camiseta y

nos sentamos en el sofá sobre nuestras propias piernas para hablar mientras nos bebíamos una cerveza fría que nos refrescó y renovó por dentro.

—Esta mañana me ha llamado la doctora Martín —dijo poniendo mis ojos como platos.

—¿Tiene tu teléfono? Bueno, tu número, ya sabes.

—Sí, parece que le caímos bien, me pidió el número para saber cómo estabas y me dio el suyo, dijo que si algún día volvemos a Madrid que la llamemos y nos hará una visita guiada por su ciudad.

Vaya, mi adorable doctora se había hecho amiga de mi adorable Claudia, me encantaba.

—No he grabado su número.

—¿Por qué no? —pregunté extrañada.

—Bueno, su número sí, pero no le he puesto nombre todavía.

—¿Por qué?

—Porque se llama Lorena, supuse que en cuanto te enteraste aquella tarde ya le habrías puesto una coletilla como a Lore de las Hostias y a Lore de los Polvos—dijo riendo.

Me puse colorada y se me escapó la risa.

—Venga, suéltalo —dijo con el móvil en la mano.

—Vale, pero no se lo digas —supliqué.

Ella sonrió con cara de traviesa.

—Estoy esperando, Lai.

—Lore de los Mocos —dije avergonzada.

Claudia empezó a reírse sin parar.

—Lore de los Mocos —repitió mientras lo grababa en su teléfono—, eres la hostia, Lai —dijo riendo.

«Las hostias que me pego» pensé yo.

—Tengo el nuevo capítulo de Juego de tronos —dije para cambiar de tema.

—¿Y a qué esperas para ponerlo? —preguntó lanzándome un cojín.

Made in United States
Orlando, FL
26 February 2024